여전히
사랑이 어려운
그 남자,
그 여자

KB113540

연식
남녀

지음

결혼하는 남녀의 평균연령이 해마다 높아지고 있다. 이는 연애하는 이들의 평균연령이 높아지고 있다는 뜻이기도 하다. 구속받지 않을 자유를 갈망하거나 아니면 일에 빠져서, 그도 아니면 돈이 아깝거나 귀찮아서 연애를 미룬다는 연애 기피자가 많은 요즘이다. 게다가 '돌아온 싱글'들이 다시 연애의 바다에 뛰어들어 평균연령을 높이는 데 일조하니, 나이 지긋한 남자와 나이 꽉 찬 여자가 만나 연애하는 경우가 흔해졌다.

문제는 나이 든 남녀가 연애하는 게 말처럼 쉽지 않다는 데 있다. 콩깍지가 씌거나 바보가 되어야만 잘할 수 있다는 바로 그 연애의 정석이, 그들에게는 잘 통하지 않는다. 세상을 산 세월만큼 머리가 굵었고 세상살이의 구구절절한 얘기를 많이 알고 있는 까닭이다. 그래서 이 연애는 사랑을 위해서라면 목숨도 바칠 만큼 피 끓는 20대의 연애와는 다르다.

마흔 번째 생일을 불과 며칠 앞둔 어느 날, 여덟 살 연상의 K를 만나 연애하게 되었다. 이 연애에서, 내가 알고 있던 연애 지식은 그다지 도움이 되지 않았다. 한창 나이에 연애하고 적령기에 결혼해 아줌마가 된 주변 친구들의 조언을 이 연애에 적용하니 열에 아홉은 쓸모없거나 절대로 따라해서는 안 되는 것들이었다. 인터넷 검색으로 찾을 수 있는 연애 조언들은 '연식이 오래된 자'들에게는 별반 도움이 되지 않는다. 첫 데이트 때 다리가 돋보이는 짧은 치마를 입는 게 좋다거나 데이트 장소로 물 좋은 술집이나 클럽을 추천하는 식의 조언은 '참 좋았던' 파릇파릇했던 시절에나 쓸모 있기 때문이다. 결혼한 이들이 흔히 말하는 남자의 경제력을 보라거나 여자의 요리 실력을 보라거나 하는 조언도 이 연애에서는 무시해도 되는 거였다. 스킨십이나 연애 진도, 선물하기, 대화법까지 연식 남녀의 연애는 확실히 다르다.

나와 K처럼 나이 든 연인들을 위해 이 책을 썼다. 스스로 '연식 남녀'라 칭하는 우리는 이미 많은 사람을 만났고, 사랑했으며 내세울 건 아니지만 상처도 있다. 그래서 더 조심스러우면서도 때로는 더 대담한 연애를 위한 도움말이 필요하다. 좋고 싫음의 기준이 확고해졌지만 합리적이고, 에둘러 말하는 법을 모르지만 상대의 입장을 미리 헤아리고, 매사에 귀찮은 게 늘었지만 다정함을 불쑥 내밀 줄 아는 사람들에게 적절한 조언 말이다. 연식이 오래된, 하지만 그래서 더 징그럽게 사랑스러운 연인들을 위해.

이 책은 2014년 6월부터 8월까지 DAUM 스토리볼에 연재한 글을 바탕으로 꾸렸다. 연재 당시 뜨거웠던 인기는, 수많은 연식 남녀들이 연애를 꿈꾸며 제대로 된 조언과 솔루션을 찾아다니고 있다는 확신을 심어줬다. 이에 그때 차마 못했던 이야기들을 털어놓고, 새로운 주제를 추가했다.

늦은 연인의 주책없는 연애 자랑처럼 들릴 수도 있겠다. 하지만 그보다는 여전히 사랑을 꿈꾸는 이들을 위한 희망의 증거가 되고 싶은 마음에, 용기를 냈다. 연인 K의 마흔여덟 번째 생일 축하 카드에 적은, 하임 샤피라의 『행복이란 무엇인가』에 나온 문구가 이 책을 쓰는 내 마음이며 모든 연식 남녀에게 하고 싶은 말이다.
'인생 최고의 순간은 아직 오지 않았어요.'

2015년 3월
오일리스킨

'삶의 이치를 이해할 무렵에
만난 상대야 말로 흥미롭고 좋은 인연이다.'

contents

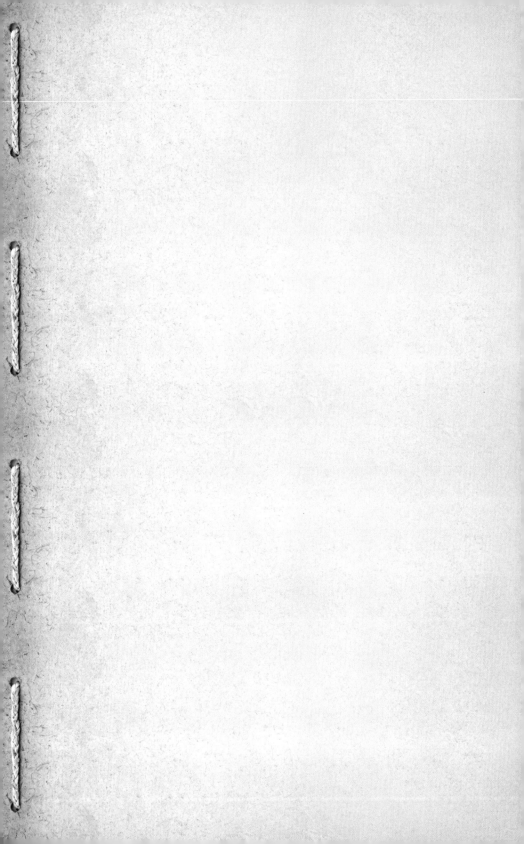

Lesson 1
시작하는 순간부터
아주 오래된 연인처럼

청춘에서 멀어져가는 당신의 연애를 기꺼이 응원한다. 연식이 '좀 된 사람'의
연애는 '예전보다 못한' 게 아니라, '전혀 다른 차원의 사랑'이라는 사실부터
명심하자.

다시
사랑할 수 있을까

연애는 늘 어렵다. 나이가 들면 좀 더 어려울 뿐이다. 여든 줄 노인도 하는 사랑인데, '사랑에 그깟 나이가 뭐 대수냐'고 반문할지도 모른다. 하지만 나이가 들어서도 여전히 싱글이면 사랑에 나이가 상관'있다'. 사랑할 사람을 찾는 일도, 뜨겁게 사랑하는 일도 힘들어진다. 불타는 연애에 대한 갈망은 있지만, 그보다 먼저 실패가 두려워진다. 몸과 마음이 뜨거웠던 시절에는 사랑의 부담이나 이별의 상처 따위는 충분히 받아들이고 회복할 수 있을 테지만, 연식인에게는 그 뜨거움마저도 부담스럽다.

"이 사랑이 뜨거웠다면 나는 시작도 못했을지 몰라. 내 몸이 견뎌낼 수 없거든."

이 나이 되도록 혼자서 잘 살아온 연식인이 연애를 시작한다면 그건 외로움 때문이다. 인간은 누구나 외로운 존재라지만, 연식인에게 외로움은 묵묵히 곁을 지키는 친구처럼 익숙한 존재가 되어버렸다. 그러다 앞만 보고 달려온 삶이 뜬금없는 여유를 선사할 때 문득 외로움이 낯설어진다. 특히 짝사랑이건 소개팅으로 몇 번 만난 상대이건, 누군가를 맘에 두기 시작하면 지금까지 완벽하게 채워졌다고 생각한 삶이 휑하니 비어 보인다. 외롭지 않을 수 있다면, 삶의 빈 구석을 채워준다면, 불타오르는 사랑이 아니라도 받아들일 수 있겠다는 생각이 든다. 그렇다면 당신은 다시 사랑할 준비가 된 것이다.

언제부터인가 '노총각', '노처녀'라는 말이 잘 쓰이지 않는다. 예전에는 스물일고여덟 살만 되어도 노총각, 노처녀라 불렀는데 말이다.

2000년대 초반만 해도 TV 드라마의 주연은 모두 20대 배우들이 차지했다. 잘나가던 배우도 30대가 되면 조연급으로 밀려나고, 40대가 되면 부모, 조부모 배역이 주어졌다. 10년이 지난 지금은 30대 배우들이 자기 나이와 비슷한 배역으로 주연을 꿰찬다. 서른여섯 이효리가 타이츠를 입고 무대에 올라도 찬사를 받고, 장동건의 식스팩은 남자 아이돌의 것보다 더 멋있게 느껴진다. tvN 〈꽃보다 청춘〉의 유희열, 이적, 윤상은 위기 상황에서 더 빛나는 연식인의 평정심과 문제 해결 능력을 발휘함으로써, 마흔 줄에도 청춘 그것도 더 매력적인 청춘일 수 있음을 보여주었다.

내가 노총각, 노처녀로 부르기에는 아까운 영혼들을 '연식 남녀'라 칭하는 이유는 이런 사회적 현상과 통한다. 한창때라고 하는 20대와 30대 초반을 지난 서른다섯 살 이상의 사람들을 지칭하는 그럴듯한 말이 우리에게는 없다. 노총각, 노처녀는 어감이 부정적이고, 무엇보다 이 피 끓는 남녀에게 '노' 자를 붙여 늙은이로 만드는 것은 영 내키지 않는다.

연식 남녀의 연식^{年式}은 흔히 자동차의 제조년을 표현할 때 쓰는 말이지만, 이 책에서는 '나이'를 뜻하는 연식^{年食}을 사용한다. '연식이 오래되었다'는 표현이 소개팅계에서는 나이가 더 이상 무기가 아닌 사람을 가리키는 말로 쓰인 지 꽤 되었다. 연식인들은 본래 소개팅계에서 버리거나 돌려 막는 카드이기 십상이었다. 아니면 그들만의 리그에서만 활동할 것을 강요당했다. 하지만 최근 연식인들은 희소성 있는 클래식 카처럼 그 가치가 상승하고 있다.

사실 연식남의 가치는 예전부터 상승세였다. 신기하게도 남자들은 나이가 들면 고풍스러운 앤티크 의자처럼 외모가 멋진 경우가 많다. 그저 그래 보이던 대학 동창 녀석들 외모가 20년이 지난 지금, 근사해졌다고 느끼기도 하니까. 여기에 넓은 이해심, 경제적 · 심리적 여유 등등의 요소가 더해지면 그 매력은 배가된다. 그런데 이건 연식녀들에게 위기 상황이다. 우리 리그에 연식남들의 매력에 눈뜬 파릇파릇한 20대, 30대가 대거 유입되면서 경쟁률을 높이기 때문이다.

여성의 경우 외모가 절대적 기준인 이 나라 연애 시장에서 연식녀가 설 곳은 점점 좁아지는 게 아닌가 했다. 하지만 연식녀의 가치도 천천히 상승하고 있다. 그 배경에는 안타깝게도 경제 불황의 영향이 있다고 분석하는 연애 전문가들이 많다. 주택 가격 상승, 고용 불안 등으로 인해 이성을 선택할 때 위기 상황을 함께 헤쳐갈 수 있는, '파트너십'이 있는 여성인지를 중요하게 고려하게 되었다. 그래서 남자들이 새삼 연식녀에게도 눈을 돌리게 되었는데, 일단 사귀면 어린 연인한테 찾아보기 힘든 넓은 이해심과 헌신, 특유의 편안함에서 빠져나오기 힘들다. 게다가 요즘 연식녀들은 자기 관리에 소홀하지 않아 또래보다 어려 보이는 경우가 많다. 오히려 어린 녀석들이 우리 리그에 눈독 들이지 않을까 하는 경계심마저 연식남 사이에서 생길 정도다.

그리하여 연애 시장 변방에서 기웃거리던 연식인이 당당한 주류로 자리매김했다. 연식인이야말로 대한민국 연애계에 새로운 표준을 제시할 수 있다는 점에서 '뉴 노멀New Normal'이라 불러야 한다고 주장한다. 물론 '인생 백세' 시대이니만큼 마흔 무렵에 결혼해도 사랑할 시간이 많아 축복받을 연애인 것도 맞다. 하지만 연식 연애의 가치는 '이것이 진짜 사랑이다'라는 점에 있다.

"당신 자신이 누구인지,
무엇을 원하는지 잘 알게 될수록,
당신을 힘들게 하고
혼란시키는 것들이 줄어들 것이다."

– 〈사랑도 통역이 되나요?〉(2003)

사람을 제대로 볼 줄 아는 눈이 영글고, 주변의 참견 따위는 무시할 수 있는 나이에 만나는 인연이 진짜일지 모른다. 인생의 유한함을 이해하고 지금 이 순간의 기쁨을 진정으로 즐길 줄 아는 사람과 함께하는 시간이 얼마나 행복한가. 상대방 입장에서 생각할 줄 알고, 인생의 고단함을 통감할 줄 아는 사람들이 나누는 교감이야말로 진정한 연애가 아니겠는가.

아직도 수많은 연식인이 스스로 벽을 쌓고 연애의 변방에 있다는 사실은 무척 안타깝다. 불과 1년 전만 해도 나 역시 스스로 '연애의 해 질 무렵'을 향해 걸어갔다. 나이는 숫자에 불과하기는커녕 한 해 한 해 먹은 나이가 족쇄가 되어 발목에 하나씩 채워지는 기분이었다.

그러던 어느 날, 외로워도 그럭저럭 흘러가던 인생에 큰 변화가 찾아왔다. 16년 동안 해온 익숙했던 일을 갑작스럽게 관두고, 인생의 새 장을 열어야 하는 숙제를 안게 된 것이다. 그 힘든 순간에 연식남 K를 만났고 연애를 시작했다. 그를 만나고 나니 비로소 나이는 숫자에 불과했다. 어린 아이 같아지고 매사가 즐겁고 감정이 증폭돼 행복을 공감각적으로 느끼는 것 같았다. 똑같은 24시간, 365일인데 마치 상대성이론이 적용된 듯 더 오랜 시간을 누리고 있다고 느꼈다. 예전에는 촉박하던 시간이 무한하게 느껴졌다.

물론 현실적 문제나 마음의 상처가 전혀 없는 것은 아니다. 사랑하다 보면 누구나 상처를 받게 된다. 하지만 이 나이가 되면 적어도 내게 상처 줄 사람을 고를 선택권이 있다고 생각하고, 그 결정에 기꺼이 책임지겠다는 마음이 생긴다. 그러니 행복하면 더할 나위 없이 행복하고, 아프면 그 고통을 겸허히 받아들일 수 있다.

연식인들은 이 사랑에서 최고의 경험을 기대할 것이다. 하지만 이 사랑은 쉽지 않다. 전에 경험한 여느 사랑과는 다르기 때문이다. 익숙한 사랑을 원한다면 추억을 곱씹고 사는 게 낫다. 반전을 원한다면 지금 연식 연애를 시작하라. 행여 실패한다고 해도 이 사랑이 마지막이 아니라고 생각할 테니, 그 전만큼 두렵지 않을 것이다. 이 사랑이 마지막일 수도, 또는 앞으로 남은 사랑의 시작일 수도 있다.

연식 남녀는
이런 남자, 이런 여자

❀

연식남을 말하다

성격 ● 겉보기에는 소심하다. 잡생각이 많고 깊게 생각하지 않는다. 고집이 세지만 겉으로 잘 드러내지 않는다. 타협은 가능하지만 설득은 거의 불가능하다. 호불호가 분명해서 싫은 건 목에 칼이 들어와도 안 한다. 사생활 보호를 대놓고 주장하지 않지만 어느 선을 넘으면 발끈한다. 왕년에는 피 끓는 정의의 용사였지만 결국에는 보수적이고 안전 지향적으로 변하기 마련이다. 남들에게 무관심하지만 내 사람이라고 생각하면 까다로운 잣대를 들이댄다. 자기 자신에게는 한없이 관대해 자신의 어떤 행동도 빛의 속도로 합리화한다.

특징 ● 게으르다. 세상에 귀찮은 일 투성이다. 돌아다니거나 이것저것 찾아다니는 데이트는 질색이다. '집 떠나면 고생'이라는 생

"사랑받고 싶은 사람에겐 사랑은 없어,
사랑의 증거만 남아있지."

– 〈몽상가들〉(2003)

각. 휴일에는 집에 있는 것을 제일 좋아한다. 연인이 집에 와서 밥도 해주고 청소도 해주고 음식도 해주고, 엄마처럼 돌봐주기를 바란다. 게다가 식탐이 매우 심하다. '인생 뭐 있나. 먹는 게 남는 거지'라는 생각이다. 배가 심히 고픈데 먹을 게 없거나 맛없는 음식을 먹으면 짜증을 낸다.

스타일   ●   한창 잘나가던 과거에 머물러 있다. 통 넓은 정장 바지를 배꼽 위로 올려 입는 게 가장 편하다고 느끼지만, 공인된 연인이 될 때까지는 상대방에게 그 모습을 숨길 것이다. 스타일에 자신은 없지만 고집은 있으니까. 옷장에는 생각보다 옷이 많은데, 알고 보면 똑같은 스타일뿐이다(꾸준히 사들이되 옷을 버린 적이 없다). 자기 헤어스타일이 썩 마음에 들지 않지만, 그렇다고 단골 이발소를 바꾸지는 않을 것이다. 근데 정장 바지에 흰색 스포츠 양말을 신으면 정말 안 되는 건지, 진지하게 궁금해한다.

단점   ●   말이 많다. 한번 시작하면 말이 길어진다. 알고 있는 모든 얘기를 꺼내놓고 싶어 한다. 재미없는 얘기를 반복하거나 자신이 꽂혀 있는 이상한 유머에 공감하기를 강요한다. 매너는 초반에나 찾아볼까 말까, 이 나이쯤 되면 절제나 예의는 물에 말아 드셨는지 하품, 트림은 물론 방귀도 예고 없이 트고, 무안해하지도 않는다.

여성관 ● 단아한 얼굴에 글래머가 이상형. 20대에는 다리에 열광했지만, 나이가 들면서 가슴과 엉덩이(골반 라인)에 집착한다. 결혼한 친구들 경험을 접하고 추가한 조건은 '하나, 된장녀나 사치하는 여자는 안 된다. 둘, 기 세고 목소리 큰 여자는 일단 거르자. 셋, 기왕이면 경제적 부담을 함께 짊어질 여자면 좋겠다'는 것. 남자가 첫사랑을 못 잊는 밑바탕에는 순정에 대한 갈구가 있다. 자기는 세속에 찌들지언정, 상대만은 나이에 상관없이 순수하고 소녀 같은 면이 남아 있기를 기대한다. 가끔 여자가 손발 오그라들 정도로 유치한 순정적 태도를 보이면 열광한다.

자기 관리 ● 대체로 심하게 망가져 있다. 그러면서 몸 좋은 남자에 대한 묘한 열등감이 있다. 몸매에 대해 지적받을 경우 자신을 합리화할 핑계를 갖고 있다. 운동은 늘 계획 중이다. 일하느라 바쁘거나 피곤해서 적당한 시간을 찾지 못했을 뿐. 드물게 몸 관리에 철저한 연식남들이 있는데, 그런 남자는 적극적으로 칭찬해줄 필요가 있다. 그 몸은 자신의 절제력과 의지를 남에게 보여주려고 만든 것이기 때문이다.

주의 ● 이따금 혼자만의 시간을 줘야 한다. 혼자 있는 게 익숙하고 편해서 연애를 미뤄온 이들도 적지 않다. 그러니 연애 중에 혼자이던 때를 그리워하는 눈치가 보이면 가끔 혼자 있게 둬라. 그렇다고 그 시간에 특별한 걸 하는 건 아니다. 기껏해야 예능 프로그램을 보거나 게임을 하고 낮잠을 자지만 그런 시간이 그에게는 필요하다. 그가 좀처럼 친구나 가족에게 당신을 소개하려고 하지 않을지 모른다. 하지만 섭섭해하지 마라. 그가 옳다. 35세가 넘어가면 친구나 가족은 진정한 연애의 재미를 방해하는 요소일 뿐이니까.

다루기 ● 인정받는 걸 좋아하는 연식남의 특성에 주목해 칭찬하고 띄워준다. 전혀 근거 없는 칭찬도 진지한 표정을 적절히 곁들여 되풀이하면, 진심으로 받아들이고 기뻐한다. 당신이 원하는 행동을 했을 때 오버하며 칭찬한다. 이때 목소리 톤에 신경 써야 한다. 어린아이 다루듯 다정한 말투, 부드러운 톤을 유지하라. 명령이나 잔소리는 무척 싫어하니 절대 금물!

나름 아는 게 많다고 생각해 뭔가 가르치고 설명하는 걸 좋아한다. 남자들이 하는 설명이라는 게 참 건조하고 딱딱하기 마련인데, 여기에 연식까지 더해지면 더 장황하고 재미가 없다. 하지만 일주일에 한두 번 정도는 연식남의 장황한 '썰'을 들어주는 게 좋다. 상대방이 조용히 듣고 있으면 남자는 인정받는다는 느낌에 날아갈 듯 좋아한다.

남자는 본래 소유욕이 강한데 연식남의 소유욕은 최고조에 달해 있다. '내 여자'라고 생각하면 어린아이 대하듯 사소한 것까지 챙기고 간섭하려 든다. 당신은 그저 적당히 챙김을 받으면 된다. 그것만으로도 그는 만족할 것이다.

✿

연식녀를 말하다

성격 ● 세상살이에 이리저리 치이다 보니 자신의 장단점을 누구보다도 잘 알게 되었다. 자신감이 별로 없다. 알고 보면 의외로 자존감도 별로 없는 편이다.

특징 ● 계속 콧대 높게 반응하다가도 단번에 무너진다. 제아무리 잘난 여자라도 무너진 뒤에는 모든 걸 내줄 듯 매력 없이 구는 경향이 있다. 외모 꾸미기에 집착한다. 완벽까지는 아니어도, 자신이 정한 기준에 못 미치는 상태라면 집 밖으로 끌어내기는 힘들다. 연식녀에게는 준비할 시간을 충분히 줘라. 불쑥 집 앞에 찾아가 불러내거나 갑작스럽게 약속을 취소하는 건 그녀를 분노하게 할 것이다.
문화적 허영심이 있다. 공연 관람이나 미술관 나들이를 즐기는 척하며, 약속 장소를 서점이나 북카페로 정하기도 한다. 자기 연애에 남들이 관심을 갖는다고 착각해, 보여주는 연애에 집착하기도 한다. 그러니 적절히 부응해주고 기념사진도 기꺼이 남겨라.

장점 ● 눈치가 빠르다. 여우처럼 연기를 잘한다. 자신이 원하는 걸 얻기까지 본심을 숨길 줄 안다. 독립적이다. 상대가 납득할 만한 이유를 들어 주말을 함께 보낼 수 없다고 하면 두말하지 않고 자신만의

"나는 사랑하고 사랑받는다."

– 〈파니핑크〉(1994)

시간을 보낼 줄 안다. 말도 안 되는 억지를 부려 싸움을 만들지는 않는다. 많이 참는 편이다.

단점　　●　　연애 초반에는 당당하다가 중반 이후부터는 상대의 눈치를 많이 본다. 그래서 비굴해질 때가 있고 가끔 여자 상사처럼 굴 때가 있다. 상대의 잘못을 지적하거나 자신도 모르게 자기가 원하는 방향으로 유도하거나 명한다. 연식남이 가장 싫어하는 모습인지도 모르고….

남성관　　●　　이것저것 따지는 게 많다. 주변에서 주워들은 건 있어서 이상형에 별별 조건이 다 붙어 있다. 하지만 결국, 끊임없이 적극적인 애정 공세를 펼치는 남자에게 넘어간다. 평생을 꿈꾼 이상형과 정반대 유형의 남자일지라도 말이다.
자신감이 결여되어 행여 상대가 자신에게 실망하거나 싫증을 느껴 떠날까 봐 불안해한다. 나만 바라보는 남자, 믿을 수 있는 남자를 선호한다. 이성에 대한 소유욕이 강하지만, 어지간해서는 드러내지 않는다. 상대의 일거수일투족을 알고 싶어 하고 세상의 모든 여자를 경계 대상에 올린다.

경제관념　　●　　'내 돈이 아까우면 네 돈도 아깝다'는 식의 생각을 해서 데이트 비용을 나눠 낼 줄 알고 값비싼 음식점이나 선물을 고집하지 않는다. 수입에서 '내 돈 vs. 네 돈'의 선은 분명히 긋는다. 20대 연인들이 흔히 하듯 데이트 통장을 만들거나 미래를 위해 공동 계좌를 개설하거나 하는 일은 거의 없을 것이다. 수입은 각자 관리하고 되도록 공개하지 않는다. 결혼한 뒤에도 이 생각은 바뀌지 않을 것이다.

주의 ● 유달리 '어린 여자'라는 단어에 예민하게 반응한다. 다른 한편 자신을 어린 여자처럼 대해주는 건 좋아한다.

다루기 ● 분리불안증이 있는 연식녀에게는 '연락병'이 있다. 연락 횟수는 알맞게 조절하고 예고 없이 잠수를 타서는 절대 안 된다. 단 몇 시간의 연락 두절로도 연식녀는 막장드라마 그 이상을 상상할 테니. 이성을 잃은 그녀의 모습을 보고 싶지 않다면 꾸준한 연락과 다정한 몇 마디 말은 필수다. 젊은 때라면 고급 레스토랑에서 몇 십만 원 써야만 가능했던 만족감을 얻어 낼 수 있다.

괜찮은 연식인을
구분하는 기준

만약 연식 연애를 진행 중이라면 지금 만나는 연식 연인이 쓸 만한 종자인가? '썩어도 준치'라지만 쓸모없는 연식인이 있기 마련이다. 갈 길 바쁜 연식인들이 시간 낭비하지 않고 쭉정이를 걸러 내는 노하우를 공개한다. 단, 이 기준은 결혼 상대가 아니라 연애 상대라는 데 주의!

늘 나만 봐 달라는 사람 ● 직장이든 가족이든 모두 '나'를 중심으로 돌아가는 데 익숙한 사람은 연애라고 예외가 아니다. 나이 들어도 자기가 중심에 있는 연애를 선호한다. 그들은 자신이 편하고 좋으면 그뿐, 그 상황을 위해 당신이 얼마만큼 희생하고 노력했는지는 관심이 없다. 노력을 그때그때 인정받기란 거의 불가능하다. 만일 당신의 연식인이 자기 중심으로 연애가 진행되기를 바라는 스타일이라면 처음에는 맞춰줘라. 나중에는 당신 중심으로 돌아가게 만들 수 있는 기회가 온다. 그때 상황을 반전시켜라. 익숙한 편안함이 사라질 거라는 사실을 깨달으면 당신의 연식인은 가슴이 철렁할 것이다.

당신 존재를 숨기는 사람 ● 두 가지 가능성이 있다. 요란 떨고 싶지 않거나 또는 당신이 임자라고 아직 확신하지 못하거나. 하지만 둘 다 별문제는 아니다. 연식인은 들뜬 마음에 연애 상대를 주변에 알렸다가 '이 언덕이 아니었음'을 알리는 비참함을 몇 차례 겪었다. 또 연애는 두 사람의 일, 남들에게 알린다고 해서 더 좋아질 것도 특별히 도움 받을 일도 없지 않은가. 이것은 일종의 테스트일 수도 있으니 잘 넘겨야 한다. 만약 참지 못하고 "왜 내 존재를 숨기느냐. 내가 창피하냐?"라고 묻는다면 그는 "아니"라고 대답할 것이다. 하지만 훗날 당신이 바가지를 긁고 잔소리하며 자신을 코너로 모는 모습을 상상하는 전조가 될 터이니 자제한다. 반면에 당신이 그의 친구나 가족에게 관심이 전혀 없는 듯 보인다면, 오히려 상대가 불안해질 것이다. 예전에 사귄 여자들과 달라서이기도 하고, 당신이 미래에 대해 어떤 생각을 하는지 전혀 가늠할 수 없어서다.

혹시 양다리를 걸쳐서 당신을 숨기는 건 아니냐고? 에이, 그건 연식인을 몰라서 하는 얘기다. 일단 귀찮아서 하지 않고, 체력적으로나 정신적으로(기억력 감퇴도 동반해) 보건대 연식인의 양다리 확률은 극히 낮다. 설사 양다리를 걸치고 있다 해도 금세 잡아낼 것이니 걱정마라. 연식인의 '촉'은 정말 무섭다.

고맙다고 말하지 않는 사람 ● 나이가 들면 미안하다는 말은 잘 못해도, 고맙다는 말은 전보다 자주 하게 된다. 주고 베푸는 사람의 마음이 어떤지를 헤아리는 연륜이 생기기 때문이다. 고맙다는 말을 하지 않는다면 받는 것을 당연하게 여기는 사람이다. 등골마저 빼먹을 게 틀림없다. 단, 쑥스러워서 고맙다는 말을 입 밖으로 내지 못하는 연식인이 있다. 그럴 때는 그의 행동을 주목하라. 울 것 같은 표정을 짓는다거나 당신의 어깨를 살짝 감싸는 행동을 하는지 말이다. 고마움이라는 감정은 표현하지 못해도 겉으로 드러난다.

자주 만나지 않는 사람 ● 오로지 문자메시지로만 의사소통하는 부류가 있다. 글에는 재치가 넘치지만 만나면 재미가 없다. 앞으로도 속내를 알 수 없는 인간형이다. 양다리일 가능성도 있다. 연애란 한 공간에 얼굴 보며 함께 있을 때 좋은 사람과 해야 한다는 사실을 과거 연애에서 익히 경험하지 않았나. 그저 문자 동무가 필요하다면 차라리 펜팔을 해라.

뭘 하자고 먼저 말하지 않는 사람 ● 전형적인 연식인이니 너무 걱정하지 마라. 생각하기도 귀찮고 뭔가 제안했다가 거절이라도 당하면 수습할 일이 더 귀찮아서다. 좀 못마땅해도 상대가 하자는 대로 하는 쪽이 마음 편하고 효율적이다.

혼자서 너무 잘 지내는 사람 ● 자취 경력 20년 정도 되면 수준급 요리에 인테리어 잡지에 나올 법한, 티 하나 없이 예쁘게 꾸민 집에서 사는 연식남도 있다. 딱히 여자가 필요 없어 보이는 상대지만 이들도 충분히 유인할 수 있다. 이런 남자들은 집안일이 얼마나 힘든지 알고 있으며, 누가 대신해주겠다고 나서면 넘겨줄 마음이 충분히 있다. 한동안 그의 집안일을 도맡으며 그가 하는 만큼 정성을 쏟아 더욱 완벽해진 집 안 모습을 보여줘라. 만약 당신이 살림에 도통 관심 없는 연식녀라면, 그 남자가 갖춰놓은 완벽한 살림살이에 열광하며 기꺼이 만끽하는 모습을 보여주면 된다.

외로워 보이지 않는 사람 ● 직장 선후배와 사이도 좋고, 술친구도 줄을 섰다. 주말에 활동하는 동호회만 세 개, 가족과 친지들과도 자주 연락한다. 심지어 사랑을 듬뿍 담아 자식처럼 키우는 고양이도 두 마리 있다. 이 남자, 외로움을 느낄 짬조차 없다고 말한다. 그런데 행복한 사람이라도 하루 24시간 중 몇 십 분은 외롭기 마련이다. 그 시간을 노려라. 퇴근길, 미니시리즈 드라마가 끝나고 잘 준비하는 밤 11시 10분, 늦잠 자고 일어나 뭘 먹을지 궁리하며 부엌을 서성대는 토요일 아침 10시, 회사 가기 싫은 마음을 나눌 누군가 필요한 일요일 밤 10시 등이다.

주변에 여자가 너무 많은 남자 ● 일단 주변 여자들이 어떤 부류인지 구분하자. 동창생이나 동네 친구처럼 오래 알고 지내는 여자가 대부분이라면 일단 안심해도 좋다. 그는 새로운 사람을 만나는 데 게으르며 편안한 만남을 추구한다. 그녀들도 그에게 별 관심이 없고, 게다가 의리가 있어 오히려 당신을 반길 것이다. 반면 주변에 그가 안 지 얼마 되지 않는, 길어야 몇 년 된 여자가 많다면 별로다. 그는 당신에 대해서 진지하지 않을지도 모르며 그녀들은 언제라도 당신을 대체하는 경쟁자가 될 수 있다.

주변에 남자가 너무 많은 여자　●　가족 관계 외에 사회적 관계가 확장
되면서 생긴 남자들이 그들의 정체다. 연식녀의 주변 남자라고는 형부,
친구 남편과 아들, 직장 동료 그리고 가족 정도일걸.

비밀이 많은 사람　●　연식인의 장점은 솔직함이다. 비밀 따위는 개나
줘버리라고 해라. 만난 지 3개월이 지났는데도 양파 껍질 벗기듯 새로운
비밀이 자꾸 나온다면 적당히 멀리해라. 사기꾼일 확률이 높다.

너무 밝히는 사람　●　생큐다. 건강하다는 증거이니까. 하지만 당신 취
향이 그 쪽이 아니라면 헤어져라. 굶주리고 있는 다른 연식인에게 양보
하자.

가난한 사람　●　조건 좋은 사람은 이미 씨가 말랐다. 그나마 약간의
경제적 문제만 있다면 연식인들 중에서는 양호한 편이다. 당신의 경제
적 능력을 고려할 때, 그다지 심각하게 느껴지지 않는다면 일단
계속 만나보라. 도저히 안 되겠다 싶으면 그때 다시 생각해봐도 늦지
않다.

자기 하고 싶은 대로만 하는 사람　●　고집이 세니까 지금껏 홀로 있을
수 있었다. 하지만 언제나 '불통'인 것은 아니다. 고집을 꺾기는 불가능하
나 당신의 이야기를 귀담아듣기는 할 것이다. 일단 그의 의지대로 하는

듯하다가 합리적 의견을 넌지시 제시하면 당신 의지대로 움직일 수 있다. 영악한 조련사라면 쉽게 길들일 수 있는데 이는 연식녀에게서 흔히 찾아볼 수 있는 장점이다.

구두쇠 ● 절약하는 사람과 구두쇠는 구분 가능하다. 절약하는 사람은 당신 표정이 바뀌면 멈칫할 것이고, 구두쇠는 무조건 강행할 것이다. 구두쇠를 좋아하는 연식녀도 있으니 취향의 문제이긴 하다.

소극적인 남자 ● 좋은 상대가 될 수 있다. 너무 소극적이라서 당신에게 좋아한다는 말도 못할 정도만 아니면 괜찮다. 남들 앞에서는 소극적이고 수줍음이 많지만 당신 앞에서는 편하게 이야기하는 남자라면 더 믿을 만하다. 그간의 경험상 모임에서 마이크부터 찾는 '사회자' 스타일보다는 '소극적인 관객' 역을 도맡는 사람이 신뢰를 바탕으로 오래가는 연애를 한다.

결혼 얘기를 꺼내지 않는 사람 ● 지금껏 혼자인데는 다 이유가 있다. 결혼을 두려워하거나, 혼자인 게 마냥 좋아서다. 당신과 데이트를 시작했다고 해서, 그가 결혼에 대해 긍정적으로 생각하기 시작했다고 착각하지 말자. 그는 그저 연애를 원했을 뿐이다. 결혼 생각이 좀체 없는 사람이, 당신으로 인해 마음을 바꿀 거라는 희망은 버리는 것이 낫다. 도리어 그 희망이 앞으로 당신을 고문하고 좀먹을 테니까. 상대가 결혼을 암시하는 단어만 말해도 대단한 의미를 부여하고 그의 결혼관이 바뀌었을 거라 기대하게 되는 것이다. 하지만 연식인의 생각은 오랫동안 굳어진 것이어서 웬만해서는 바뀌지 않는다. 결혼이 급하다면 차라리 연애 초반에 일찌감치 '나는 결혼을 전제로 이 만남을 이어가고 싶다'고 고백하고 상대의 의중을 물어보자.

이 사람이어야 하는 이유

왜 이 여자를 선택했는가?

"세상을 더 잘 알고 이해하는 여자이니까. 가끔 내 속을 들여다보는 듯 애기해줄 사람을 원했다. 이제는 귀여운 목소리로 "좋아요"만 외치는 어린 아이들은 못 만나겠다." (G, 48세, 치과의사)

"주변에 예쁘고 매력적인 여자들이 있어도 막상 대시할 마음은 생기지 않았다. 연애의 과정을 처음부터 다시 시작해야 한다고 생각하면, 그것만큼 귀찮은 게 없다. 지금 여자 친구는 매사 깐깐하고 그냥 넘어가는 법이 없어서 다투는 일이 잦지만, 이제 익숙해져서 편안하다."

(H, 46세, 방송인)

"첫 데이트 때 집에 바래다주겠다고 했더니 혼자 가겠다고 했다. 괜히 그러나 보다 했는데 그 뒤에도 생전 집에 데려다 달라는 적이 없다. 그런 여자는 처음이다. 집에 바래다주는 게 은근히 귀찮아서, 가까운 곳에 사는 여자들만 소개해 달라고 했었는데. 사귀고 보니 역시나 꽤 독립적인 여자였다. 그전 여자 친구들은 내가 어디서 뭘 하는지 일거수일투족을 궁금해했지만, 지금 여자 친구는 내가 그녀의 일상이 궁금해서 챙기게 된다. 물론 믿을 수 있을 만큼 건전한 생활을 한다는 것도 마음에 들고."

(L, 39세, 은행원)

"우리 어머니 빼고 나한테 이렇게 헌신적인 사람이 있을까 싶을 정도로 나를 돌봐주는 여자다. 쉬는 날이면 집에 와서 청소도 해주고, 요리도 해주고… 자기가 좋아서, 하고 싶어서 하는 거라고 하니까 더 예쁘다. 그러면서 자기 일도 빈틈없이 잘 해내는, 놀라운 여자다. 그전 여자 친구는 자기 일이 더 중요했는데 말이다. 어떤 남자는 여자가 일을 잘하는 게 멋있어 보인다지만, 내가 일 다음으로 취급당하는 것만큼 기분 나쁜 일이 없다." (P, 47세, 사업가)

"두 번째 만났을 때 술을 마시고 섹스를 하게 됐다. 최고의 섹스까지는 아니었지만 나쁘지 않아서 계속 만나게 됐다. 알고 보니 여자 친구는 경험이 별로 없는 편이고, 그래서인지 섹스할 때마다 호기심이 넘쳤다. 난 좋은 선생님으로, 그녀는 의욕 넘치는 학생으로 모처럼 섹스를 즐기게 됐는데, 늘 흥미 만점의 스포츠를 즐기는 느낌이다. 사귄 지 1년 반이 되어가

는데, 아직도 그녀를 만날 때마다 설렌다." (B, 48세, 트레이너)

"5년 전에 결혼할 뻔한 여자가 있었는데, 머리 아픈 일들로 결국 헤어졌다. 그 일로 결혼을 잠시 내려놨는데, 그 무렵 만난 게 지금의 여자 친구다. 그녀는 연애하는 지금이 좋다며 결혼에 관심 없는 듯 말한다. 내 가족은 물론 친구들을 소개해 달라는 말도 하지 않는다. 그냥 있는 그대로 나를 사랑해줘서 결혼을 생각 중이다. 결혼 후에도 그녀를 속박하지 않고 자유롭게 살게 해줄 생각이다." (L, 37세, 회사원)

"사업에 모든 것을 투자했고 은행 대출도 받았다. 장남이라 부모님 용돈도 챙겨드려야 해서 생활은 늘 빠듯하다. 여자 친구는 잘나가는 외국계 기업 임원에 작은 아파트도 갖고 있다. 하지만 내 처지도, 그녀가 나보다 경제적으로 더 나은 상황이라는 사실도 우리에게는 문제가 되지 않는다. 그녀는 신경 쓰지 않는 것 같다. 여행을 갈 때면 그녀가 경비를 대는 편인데, 그런 걸로 생색을 낸 적이 한 번도 없다. 그게 고맙다. 사실 남자에게 빚이 있다고 하면 대부분 그 길로 도망가버리지 않나. 여자 친구는 늘 "돈은 벌 수 있어. 그러니 신경 쓰다가 몸 상하지 마"라고 격려해준다. 이런 여자가 세상에 또 있을까." (N, 40세, 사업가)

"재미있는 여자다. 항상 생기가 넘치고 나를 웃게 해준다. 사실 나이 들면 웃을 일이 그리 많지 않은데, 늙고 기운 없을 때 둘만 멀뚱멀뚱 있더라도 이 여자랑 같이 있으면 재미있을 것 같다. 아무리 예쁜 여자라도 침울하고 슬픈 얼굴이면 싫다, 이제는." (C, 43세, 엔터테인먼트회사 CEO)

❀

왜 이 남자를 선택했는가?

"그는 단도직입적인 사람이다. 머릿속에 있는 말을 그대로 던지지만, 한편으로 그만큼 정열적이다. 처음 내게 고백할 때도 저돌적이었다. 전 남자 친구는 다니던 화장품 회사의 직장 동료였는데, 매사에 조심스럽고 돌려 말해서 답답해 미칠 지경이었다. 가끔 너무 직설적이라(원피스를 입었는데 살을 빼든지 벗든지 하라고 말한다든가) 당황스러울 때도 있지만, 적어도 이 사람이 다른 꿍꿍이가 있지 않다는 것만으로도 함께할 가치가 있다." (G, 41세, PR 매니저)

"나쁜 남자에 대한 환상이 있었고, 그때마다 비참한 교훈을 얻었다. 여섯 살 많은 지금의 남자 친구는 내가 처음으로 만난 다정한 남자로, 그 매력에서 헤어 나올 수 없다. 그는 늘 내게 '너무 소중한 존재'라고 말해주는데, 그럴 때마다 행복해서 눈물이 날 것 같다. 그를 만난 뒤로 나는 자신감을 찾았고, 일을 추진하거나 새로운 사람을 만날 때면 그가 한 말을 되뇌인다." (S, 34세, 광고 회사 AE)

"싸워도 늘 그가 먼저 사과한다. 잠시 입장을 바꿔 생각하니 내 행동이 이해가 된다는 게 이유다. 입장을 바꿔서 생각하는 남자. 그래, 내 인생에 이런 남자는 처음이다. 늘 자기 입장에서만 생각하고 그 자리에서 돌을 던지는 나쁜 놈들을 만나다 보니, 문제의 본질을 꿰뚫고 늘 해결책을 먼저 제시하는 그가 근사해 보인다." (W, 32세, 커피숍 운영)

"요즘 애들 기준으로 보면 결코 날씬하지 않은 몸매다. 그런데 그는 첫 만남에서부터 통통한 여자가 좋다며 호감을 드러냈다. 섹스 경험이 많은 남자들이 그런 취향을 가졌다는 것을 익히 들어서 그냥 꼬시려고 하는 말이라며 넘겼는데, 정말로 그는 통통한 내 몸매를 좋아했다. 살 빼지 말라고, 불룩 나온 아랫배가 좋다며 사랑스럽게 매만지는 남자를 좋아하지 않을 이유가 어디 있겠나. 덕분에 그저 그런 몸매의 커플인데 우리의 밤은 늘 뜨겁다." (H, 35세, 회사원)

"만난 지 얼마 되지 않아 그가 요리를 해주겠다고 했다. 별 기대 없이 갔는데 수준급의 요리를 만들어줬다. 남자들은 모를 거다. 여자들도 밥해주는 남자를 무지무지 좋아한다는 걸." (Y, 38세, 작가)

"그는 아는 게 많은 남자다. 교과서적인 지식이 아니라 살면서 자연스레 익힌 지혜로 그득하다. 뭐든 물어볼 때마다 그 답을 알고, 알기 쉽게 설명해주는 그를 내심 존경하게 되었고, 존경할 만한 남자는 내 오랜 이상형이었다. 가끔 그의 설명이 설교조로 이어지면 따분한 노인네 같다는 생각이 들지만."(J, 40세, 외국계 회사 임원)

"친구들이 '꽉 막혔다'고 할 정도로 또래보다 보수적인 사고를 지녔다. 소개팅 자리에서 상대와 설전을 벌이다 돌아온 적도 여러 번 있다. 남자 친구와의 나이 차는 여덟 살. 고리타분할 거라고 생각했는데, 의외로 가치관이 딱 맞아서 첫 만남부터 신나게 사회적·정치적 이슈에 관해 얘기했다. 가치관이 맞는 사람과 대화하는 게 그렇게 즐거운 일인지 몰랐다."
(A, 30세, 백화점 홍보팀 근무)

"마흔인 나는 그 앞에서 일곱 살짜리 어린애가 된다. 나이 차가 좀 나는 것도 있지만, 그는 내가 뭘 하겠다고 하면 물가에 내놓은 어린애처럼 걱정한다. 맏딸에 중견 기업의 팀장으로 살고 있는 나는 이런 돌봄과 간섭이 정말 황송하다. 일부러 어리광을 부릴 때도 있다. 함께 있을 때 시간이 거꾸로 가게 만들어주는 사람, 나이 든 여자에게 이보다 더한 호사가 어디 있겠는가."(C, 40세, 회사원)

"삼십대 초반에 마흔 살 남자를 만난 뒤로 쭉 연식남만 사귀었다. 그중 지금의 남자 친구는 연락을 가장 자주 하는 사람이다. 알겠지만 나이 든 남자들은 촌각을 다툴 정도의 위급 상황이 아니면 절대 먼저 연락하지 않는다. 예전 연애에서는 늘 내가 쫓아다니는 느낌이었는데, 지금은 내가 쫓기는 새가 된 느낌이 들어서 좋다. 확실히 이 사람과는 한눈팔 걱정도 덜 하게 된다. 그에게서 연락이 오면 친구들은 늘 부러워하는 표정이다."

(L, 39세, 사업가)

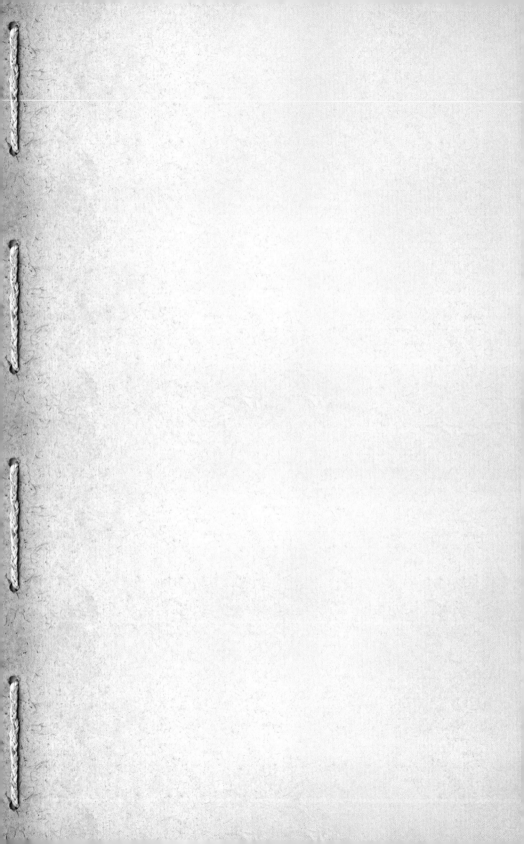

Lesson 2
사랑도 사람 따라
성장한다

자연스러운 느낌이 중요하다. 미리 계획을 세우는 사람이든 우연을 즐기는 사람이든, 뜻한 것이든 뜻하지 않은 것이든 간에 자연스럽게 진행되는 관계가 좋은 관계다. 보고 싶으면 보고 싶다고, 생각나면 머릿속에서 당신이 떠나지 않는 다고 솔직하게 말하라. 그다음은 순리에 맡기고.

안정 대신
열정을 택하다

나이대별로 연애 방식이 달라야 한다는 것은 라이프사이클과도 관계 있다. 요컨대 20대의 남녀는 여전히 자라는 중이다. 생각이 자라고, 커리어도 자란다. 인간관계가 무한 확장되고 관심사가 다양해지다 보니 온전히 연애에 집중하기가 힘들어진다. 그로 인해 다양한 갈등을 겪게 되는데, 위기를 넘어서기 위해서는 뜨거운 것이 필요하다. 다름 아닌 열정과 노력 말이다.

반면 연식인들은 더 이상 성장하지 않는다. 이제 세상살이의 이치는 알만큼 알고, 생각은 잘 바뀌지 않을 것이다. 향후 5~10년간 어떤 커리어가 쌓일지도 구체적으로 예측 가능하다. 아마도 굴곡 없이 꽤 안정적인 평행선을 그리며 살아갈 것이다. 그러니 이 삶에서는 특별히 필요한 것이 없다. 적어도 그렇게 보인다.

삶이 안정적이면 모험을 하기가 쉽지 않다. 연애를 하려면 에너지가 있어야 하는데, 평행선을 그리는 삶에서는 에너지를 찾기 힘들다. 그러니 억지로 마음을 자극해서라도 에너지를 만들어야 한다. 연예인을 좋아해보거나 (절대 고백하지 않겠지만) 주변에서 짝사랑할 만한 상대를 찾아 남몰래 상상을 해보거나, 소셜 데이팅 사이트에 등록해보거나 하는 '안 하던 짓'을 추천한다.

사랑만큼은 절대 놓치지 마. 삶이라는 여행을 하는 동안 사람은 누구나 사랑을 해야만 해. 누구를, 언제, 얼마나 오랫동안 사랑하는가는 그다지 중요하지 않아. 네가 사랑한다는 사실이 중요할 뿐이지. 그걸 놓치지 마. 삶이라는 이 여행을 사랑 없이는 하지 마.

– 『인생수업』(엘리자베스 퀴블러 로스, 이레)

하이틴 로맨스물에 탐닉하던 고등학교 시절, MBC 〈퀴즈 아카데미〉에 출연한 한 대학생 오빠가 내 마음을 흔들어놨고, 나는 그 오빠와 나의 사랑을 그린 일인용 소설을 쓰기 시작했다. 상상만으로도 아드레날린이 샘솟았고, 압박감이 심한 날에는 그 소설을 쓰면서 스트레스를 해소했다. 그 후 지금까지도 머릿속에 생각이 꽉 들어차거나 잠이 오지 않을 때면 나만을 위한 소설을 쓴다. 여자 주인공은 늘 나이고, 남자 주인공은 그때그때 내가 마음에 둔 사람으로 바꾼다. 재미도 재미이지만, 글을 쓰다 보면 그 멋진 상황을 실제로 만들고 싶다는 욕구, 연애하고 싶다는 마음이 생긴다. 그게 에너지다.

이제 남은 일은 이 연애욕을 '열정'으로 치환하는 것이다.

이상형보다
친구감을 찾아라

나이가 드니 결혼한 친구들과 자연스레 멀어지면서 친구가 줄어든다. 시간이 있어도 만날 친구는 없고, 굳이 결혼한 친구를 만나자니 애쓸 일이 너무 많다. 친구의 플러스 원(친구 남편이나 아내, 또는 자녀)을 위해 만남 장소부터 메뉴까지 조절하며 공을 들여도 이는 당연한 것일 뿐 배려에 대한 인사를 듣지 못하고, 플러스 원을 무시할라치면 무심한 싱글녀 취급을 받는다. 머잖아 귀찮음과 서운한 마음이 우정을 이기는 날이 오고 만다.

그래서 우정을 대신할 이성 관계가 필요하다. 나이가 들면서 우리는 이성을 닮아간다. 남자는 여성스러워지고, 여자는 남성스러워진다. 호르몬의 영향 또는 세월의 연마질에 지친 여자는 막무가내가 되고, 남자는 섬세해진다. 그래서 연식 남녀가 서로에 대해 친밀감을 느끼는 것인지도 모른다. K는 내 여고 동창생들이 도맡던 인간관계의 조언자로서 역할을 대신해주고, 나는 그의 남자 친구들 대신 음담패설을 공유하고 있다. 지금은 그가 나의, 내가 그의 가장 소중한 친구다.

"나 다시 만나고 싶어요?"
"네."
"언제?"
"언젠가."

– 〈라스트 라이프, 라스트 러브〉(2003)

나이가 들면 확실한 내 편이 필요하다. '네 말이 맞다'고 해주고, 가끔은 칭찬과 격려를 아끼지 않는 내 편 말이다. 연식인은 직장에서 칭찬이 업무 실적을 높이는 데 좋은 양념이 된다는 걸 알지만 정작 자기 자신은 격려받을 기회가 거의 없다. 무엇이든 기분 좋은 말을 해줄 사람이 필요하다.

어느 날 K가 "넌 엉뚱해"라고 말했을 때 나는 1미터 위로 몸이 붕 떠오르는 기분이 들었다.
"그 말이 그렇게 기분 좋아?"
"응."
"엉뚱하다는 말이 왜?"
"내게서 새로운 점을 발견하고 있다는 뜻이잖아요!"

연식인은 아주 작은 것에서도 최고의 의미를 찾아낼 줄 아는 사람이다. 그러니 칭찬하는 재주만 있다면 누구나 쉽게 연애의 급물살을 탈 수 있다. 다행히 이건 우리에게 익숙한 기술이다.

세밀하게
오래도록

먼저 해야 할 일은 더 이상 젊지 않음을 받아들이는 것. 시간은 유한하고 선택지는 줄어들었음을 인정하는 것이다. 미용 시술이나 운동을 통해 외모를 좀 더 젊게 가꿀 수는 있다. 하지만 그런다고 20대가 되는 것은 아니다. 그저 '젊어 보이는' 30대 후반, 40대일 뿐이다.

젊지 않다는 사실을 받아들이고 나면, 그다음 문제는 조급해지는 마음이다. 이때 주의할 것이 '진도를 빼겠다'는 의욕이다. 억지로 뭔가를 추진하거나 보통 연애의 순서를 따라가려고 하면 어색해지기 마련이다.

'사람과의 일은 작게, 오래 쌓아라'는 말이 있다. 이 말을 명심하자. 큰 걸음으로 성큼성큼 나아가는 것도, 빠른 시간에 결론을 내리는 것도 위험하다. 내 편이 되어줄 좋은 이성 친구와 오랜 시간을 두고 조금씩 가까워지겠다는 마음이면 된다.

혼자이긴 하지만 지금 삶에 완벽하게 만족한다고? 충분히 행복하다고?

축하한다. 하지만 현재에 만족하는 것과 다시는 없을지도 모를 새로운 인연의 가능성을 아예 차단하는 것은 전혀 다른 얘기다. 그리고 좋은 일은 늘 다음의 좋은 일을 끌어당기기 마련이다.

당신이 행복할 때 더 좋은 사람을 만날 수 있음을 명심해라.

인생이란 자신의 미래를 사랑하는 것이다.
혼자서 하는 것이 재미없다면
누군가와 함께 미래를 사랑하자.
옆에 마음이 맞는 누군가가 있어준다면
인생은 더욱 펑키할 것이다.

– 후지TV 드라마 〈최후로부터 두 번째 사랑〉

Lesson 3
참을 수 없는 연애의
꼬장꼬장함

소개팅 횟수만 200여 회. 여성지 편집장 출신. 나이 마흔. 그런데도 현재 뜨거운 연애 중…. 이런 스펙을 읊으면 웬만한 사람에게는 연애 지도를 할 수 있다. 상대방이 누구든 일단 앉혀놓고 연애법에 관한 '썰'을 늘어놓으면, 상대방을 설득하려고 별달리 노력하지 않아도, 하고 싶은 말이 100% 전달된다. 그런데 내 말이 안 먹히는 부류가 있으니 바로 연식인들이다. 내 경험, 남의 경험 심지어 누구나 인정하는 연애의 선지자들이 들려준 말까지 다 들먹여도 도무지 먹히지 않는다. 곧 죽어도 자신은 연애를 못하는 게 아니라 안 하는 것이고, 자기가 아니라 그 남자(여자), 이 사회에 문제가 있어서 연애하지 않은 거란다.

불행한 사랑의
수비수

실패에는 두 가지 경우가 있다. 하나는 사람이 어떤 상황이 요구하는 필수 조건을 만족시킬 수 없음을 깨닫고 순응을 위한 노력도 없이 이 상황에서 도피하려고 하는 경우이며, 다른 하나는 그 상황을 공격하려고 하는 경우이다.

– 『인간의 마음 무엇이 문제인가?』(칼 A. 메닝거, 선영사)

"지금도 충분히 괜찮은데, 왜 다들 내 연애를 두고 안달인지 모르겠어."
그런 당신에게 묻겠다. 왜 '충분히 괜찮은' 정도로 만족하느냐고, 그 자체가 스스로 현실과 타협하기 위해 만들어 낸 변명이 아니냐고. 문제는 방어기제다. 잘난 연식인들이 연애 없는 생활 방식을 정당화하고, 자존심을 지키기 위해 스스로 만들어 낸 수비벽 말이다. 이는 자존심이 강하고 사회적으로 성공한 사람들에게서 자주 발견된다. 안타깝지만 이런 방어기제는 20대 시절에 형성되기 시작해 지금은 꽤 굳건한 벽이 되었을 가능성이 높다. 결국 방어벽이 튼튼한 사람들은 지금까지 연애를 하기 어

"가져본 적이 있어야, 잃을 수도 있는 거야."

<10일 안에 남자친구에게 차이는 법>(2003)

려웠다는 얘기다.

성공한 연식인의 연애 또는 비연애 상태는 주변의 관심사다. 사람들은 연애, 결혼, 출산으로 대표되는 순리에 따르는 삶에는 무관심하지만, 이에 순응하지 않거나 지각생이 되면 관심을 집중한다. 이렇게 '뜨거운 감자'가 되는 상황에서는 무언가를 시도하는 게 더 어렵다. 실패는 이전보다 더 큰 실망감과 비난을 가져다줄 것이라 생각하기 때문이다.

특히 지금껏 성공했다고 평가받는 연식인은 이 실패를 받아들일 수 없기에, 연애를 시도하는 모험 대신 건설적이고 안정적인 대안을 찾는 데 혈안이 된다. 취미 생활, 동호회 가입, 일에서의 성공, 재산 모으기 등을 통해서 그 일에서 만족과 자신을 표현하는 법을 찾아내려 한다. 무언가에 몰두함으로써 자신이 불행하지 않다고 생각하는 것이다. 물론 그 바탕에는 수많은 거절과 상처, 다시는 반복하고 싶지 않을 만큼 힘들었던 극복의 생채기들이 자리하고 있다. 단지 실패하지 않는 것이 목표라면 인생에서 이룰 수 있는 것은 아무것도 없다.

연애하지 않는 사람들의 '썰'

일단 처음에는 세태를 공인된 이론인 양 일반화해 들먹인다.

"남자들은 어린 여자만 좋아해."

"여자들은 좋은 차 타고 다니는 허울 좋은 놈들에 환장하지."

자기 힘으로 어찌할 수 없는 현실이니 싱글로 지낸다는 것이다.

그러다가, 함께 어울리던 싱글 친구가 연하남을 만나 열애에 돌입하거나, 나보다 사회·경제적으로 못하다고 생각한 친구에게 여자가 생기면 당황스럽다. 지금껏 고수해온 일반화를 정당화하기 위해 골몰하다가 결국 음모론을 지어 낸다. "그 언니가 나이는 있지만 몸매가 좋고 좀 밝히는 편이잖아"라든가 "그 녀석이 뻥을 좀 치잖아. 거기에 여자가 넘어간 거지 뭐" 하는 식이다. 자신을 보호하는 방어기제로는 이만한 위로가 없다. 하지만 이런 음모론 지어 내기가 습관이 되면 어느새 그것을 정설처럼 믿게 되고, 결국 자기 둘레에 패배자의 벽을 굳건히 쌓는 형국이 된다. 그 벽에는 온통 나는 '나이도 많고' '외모와 몸매도 별로고' '돈도 없고' '백도 없고' '기운도 달리고' '순진하고' '정직하기만 한' 사람이라고 쓰여 있다. 이런 벽에 갇힌 사람에게 매력을 느낄 사람이 세상에 있을까.

그런데 연애하지 않는 사람의 방어기제 바탕에는 자신이 잘난 연식인이라는 생각이 깔려 있다. 나이 들도록 혼자인 삶은 무언가와 바꾼 것이다. 무엇과 바꾼 걸까? 안정된 직장과 높은 연봉, 대출이 남아 있긴 하지만 내 이름으로 된 집, 고급 승용차, 친구들 기죽이기 좋은 명품 가방 몇 개, 기분에 따라 골라 신을 수 있는 값비싼 구두 여러 켤레 등등. 성공을 상징하는 허울들이 곁에 있어 외롭지 않다고 느낀다. 또한 자신이 업그레이드된 만큼 전에 비해 더 좋은 걸 얻어야 한다고 생각하니, 물질적인 요구들은 계속 상향 조정된다.
그런데 정말 외롭지 않은 걸까?

나도 그랬다. 내 인생의 성공은 일에서 얻을 수 있다고 믿었으니까. 남보다 이른 승진, 상사의 인정, 실적 경신 같은 것에서 행복을 찾으려 했고 실제로 행복하다고 믿었다. 야근을 밥 먹듯 하고, 집에 오면 녹초가 되어 곧장 곯아떨어져도 일에서 성공하고 있으니 괜찮다고 생각했다. 그 바쁜 중에도 짬을 내서 소개팅도 하고, 여행도 부지런히 다니니 나 자신에게 상을 줘도 될 만큼 잘 살고 있다고 생각했다.

아무리 자유를 지향하는 여성이라도 싱글이냐 커플이냐, 일이냐 놀이냐, 자립이냐 의존이냐, 신중이냐 자유분방함이냐, 이상이냐 현실이냐, 배우 놀이냐 연기냐를 놓고 갈등한다. 그리고 행복이 무엇인지를 놓고 갈등한다.

– 『미술관에는 왜 혼자인 여자가 많을까?』(플로렌스 포크, 푸른숲)

그러던 어느 날 나보다 겨우 몇 살 많은 사진작가가 갑작스레 세상을 떠났다. 그리고 한 달도 채 되지 않아 십 년 넘게 알고 지내며 함께 일한 동료를 떠나보내야 했는데, 나는 그녀의 생전 모습을 마지막으로 목격한 사람이 되었다. 그 죽음에서 받은 충격은 몹시 컸다. 누구보다 부지런히 살던 좋은 사람들이 한순간에 모두의 인생에서 사라진 것이 억울하고 허망했다.

연식인이란 '죽음이 그리 멀리 있지 않음을 아는 나이'가 되었다는 걸 의미한다. 인생이 무한한 게 아니며, 결국 끝이 있고 그 순간이 갑작스럽게 올 수 있음을 절감한다. 나 역시 일련의 죽음을 마주하며 인생의 유한함을 새삼 깨닫고 곰곰이 생각했다. 인생의 마지막 순간에 나는 무엇을 가장 후회하게 될까? 결론은 '사랑하는 데 게을렀다'는 것이다. 진정한 사랑을 나눌 사람을 찾는 데 게으른 것, 가족과 더 오랜 시간을 보내고 사랑을 표현하는 데 게으른 것, 그리고 나 자신을 사랑하지 못한 것을 후회할 게 틀림없었다. 나는 지금, 변하기로 했다.

당신이 가시는 날까지도 혼자이던 맏손녀를 늘 안타까워하시던 할아버지께 여쭌 적이 있다.

"제가 어떤 사람을 만나길 바라세요?"

"네 말을 잘 듣는 사람을 만나거라. 네 말만 잘 들으면 자다가도 떡이 생길 테니까."

나는 웃었다.

"다른 건 또 없어요?"

"그냥 네 말을 잘 듣는 사람을 만나면 된다."

당시에는 그게 그리 어려운 일인지 몰랐다. 그런데 이제는 현실적으로 내가 만날 수 있는 사람이 연식인이고 보니, 말 잘 듣는 사람을 만나는 게 여간 어려운 일이 아니다. 연식인은 일단 잘 듣지 않는다. 자기가 하고 싶은 말부터 하고 다른 사람이 자기 말을 들어주길 바란다. 다른 사람 말은 듣는 척만 할 뿐 진심으로 받아들이지 않는다. 고집이 세니 설득이 잘 안 된다. 40년 가까이 살아온 사람이라면 그간 고수해온 생각이 쉬이 바뀔 리 없다.

서른다섯 살 이후 소개팅에서 만난 상대 중 약 80% 이상이 꼬장꼬장한 사람이었다. 그들은 자리에 앉으면 일단 자기 자랑 하기 바빴다. 얼마나 좋은 직장에 다니는지, 회사에서 얼마나 인정받는지, 남들이 부러워할 만한 연봉에, 한눈팔지 않고 모은 돈으로 재테크는 또 얼마나 잘하는지 늘

어놓았다. (너무 자기 자랑만 한 것 같으면 좀 겸손해 보이려고 이어서 하는) 두 번째 자랑은 자기 관리로 이어졌다. 꾸준히 운동해 또래에 비해 몸매가 얼마나 좋은지, 된장찌개, 김치찌개 정도는 끓여 먹으니 얼마나 가정적인 남자인지, 그리고 여자의 사회생활을 지지할 만큼 의식 있는 사람이라는 내용으로 채워진다. 그런 말을 듣고 있자면 나의 성과도 늘어놓고 싶은 마음이 생기지만, 그 순서는 허락되지 않았다. 다음은 그의 여가, 취미 생활에 대한 이야기나 시사 상식 뽐내기 코너로 이어지기 마련이니까.

결국 나는 한마디도 제대로 못하고 추임새와 리액션만 남발하다가 끝나는 소개팅이 많았는데, 재미있는 사실은 그럴 때마다 '애프터' 콜을 받았다는 것이다. 주선자에게 그 연식남들이 나에 대해 말씀하시길 "말이 잘 통하는 여자다"라는 것이다. 웃긴 얘기이지만 사실이다. 연식인들이 함께 있을 때, 일단 한쪽이 잠자코 들어주기만 해도 그 시간이 훨씬 덜 힘들다. 그들은 누구에게나 인정받고 싶은 마음이 있고, 자신이 하고 싶은 말을 다 하게 해주는 사람에게 충성하고 귀속되려는 습성이 있다.

첫인상이 마음에 드는 연식인이 있다면 일단 그의 꼬장꼬장함을 받아줘라. 첫 만남에서 거슬린 말버릇이나 습관 등은 친해지고 난 뒤 바로잡아줘도 늦지 않다. 연애 초반에는 잘 들어주고, 많이 웃어주고, 적절한 타이밍에 "그래서요?"라고 거들어주면 된다. 이야기가 끝나면 '재미있다' '유익했다' 정도의 긍정적인 평가 한마디도 잊지 말자. 그 한마디에 그는 당신 손에 목줄을 잡힌 순한 애완동물이 된다. 한두 번 만나고 나면 당신이 이야기할 기회가 올 것이다. 연식남은 일단 자랑질을 다 하고 나면 별로 할 얘기가 없는 사람들이기도 하고, 좀처럼 속내를 내보이지 않는 연식녀의 존재에 호기심이 생기기 때문이다.

'고장'도
받아줄 상대가 있어야지

우리는 점점 늙고 게으르고 자기 가치에 집착하는 꼰대가 되어간다. 그래서 함께할 연인이 더더욱 필요하다. 나는 K와 연애한 지 10개월에 접어들어서야 그 사실을 아버지께 알렸다. 이 나이쯤 되면 연애사를 일일이 부모와 공유하지 않아도 된다는 생각이었고, 한편으로는 괜히 기대하게 했다가 실망시키는 일이 생기지 않을까 해서였다. K의 존재를 알리자 아버지는 눈에 띄게 안심하는 모습이었다. 당신 딸이 워낙 혼자 지낸 시간이 오래되어 독신주의자일지도 모른다는 데 생각이 미쳤고, 그러자 내 노후가 걱정돼 이것저것 고민이 많으셨다고 했다.

"나이 들어보니 아플 때 옆에 사람이 없는 게 가장 큰 문제라는 걸 알았다. 우리 부부가 그다지 다정한 사이는 아니지만, 나이 들고 몸이 힘들어질 때 서로 챙겨주고 신경 써주는 게 가장 고맙고 의지가 되더라. 네 엄마가 없으면 내 말을 들어줄 사람도 없고…."
많은 연식인이 지금까지 잘 살아왔으니 앞으로도 혼자 잘 지낼 수 있을 거라고 생각한다. 특히 돈 있고 자신감 넘치는 연식인이라면 더 그럴 것이다. 하지만 나이 들어 느끼는 외로움은 금전이나 혼자만의 노력으로 해결되지 않는다. 함께할 누군가 필요하며, 그 파트너는 그나마 서로 덜 꼬장꼬장할 때 찾는 게 좋다.

나이가 들면 중요해지는 것은 인간적이고 따뜻한 사람의 매력이다. 살면서 피가 거꾸로 솟고, 벼랑 끝으로 내몰리는 그런 일들이 얼마나 많겠나. 그럴 때 당신을 진정시키고, 이야기를 들어주며, 응원해줄 상대를 찾아야 한다.

– 〈오 솔로? 오래된 솔로!〉(오일리스킨, DAUM 스토리볼 칼럼)

Lesson 4
한창 연애가
필요한 이 나이

K를 만난 뒤 나는 '행복'이라는 단어를 자주 쓴다. 나이를 먹는 현실을 부정하거나 나이를 거스르려는 오류를 더 이상 저지르지 않는다. 자포자기하며 방치했던 내 몸을 아끼는 방법도 실천하고 있다. 지금 나는 비로소 '곱게' 늙어가는 중이다.

이 연애,
몸에 유익하다

지금도 잊히지 않는 〈CSI: 라스베가스〉의 충격적인 장면. 한 여자가 시체로 발견된다. 현장에 출동한 감식반원이 여자를 살피며 말한다. "백인 여자, 30대 중반, 애인은 없는 것으로 보임." 애인이 없는지 어떻게 아느냐고 묻자, 베테랑 선배가 설명한다. "(바지를 걷어 올리며) 여기를 봐. 다리에 셰이빙을 하지 않았잖아."

K와 연애를 시작한 뒤 나는 더 이상 연활(연애 활동)을 하지 않는 주변의 연식인들에게 연애 전도사처럼 굴고 있다. 더 재미있게, 더 건강하게, 더 아름답게 살기 위해서라도 연애는 하라는 것이 요지다.

나 역시 꽤 오랫동안 자신에 대해, 그리고 보여줄 일 없는 몸매에 대해 자포자기하며 살았다. 나이 들면 이 정도는 망가질 수 있다고 자위했다. 그러다가도 연일 최고점을 갈아치우는 체중계 수치, 웃지 않을 때도 사라지지 않는 눈가 주름 등 몸의 변화를 감지한 날이면 대단한 패배 의식에

젖었다. 그런 날이면 제대로 된 연애 한 번 못하고 쓸쓸히 최후를 맞는 악몽을 꾸기도 했고, 가끔은 길을 걷다가 갑작스레 위기의식이 엄습해 공황장애라도 일어난 듯 등줄기를 타고 식은땀이 흘렀다.

하지만 연애를 시작한 후 나는 행복해졌다. 마흔을 코앞에 둔 실직 상태였는데 말이다. 본격적으로 운동을 시작했다. 체중계의 앞자리 숫자가 달라졌고, 10년 전에 사둔 옷이 몸에 맞아서 행복했다. 피부에서 빛이 나고, 자주 웃고, 노래하듯 말하고, 춤추듯 걷게 됐다. 남들이 연애하는 걸 지켜볼 때마다 변두리의 잉여 인간이 된 것 같았는데, 자포자기에서 벗어나 활력이 넘치고 아름다워졌다. 비로소 내 인생의 주인공이 된 기분이었다.

제아무리 부정하려 해도 연식인은 청년기보다는 갱년기에 가까운 나이다. 머지않은 갱년기에 연착륙 하기 위해서라도 연애는 필요하다.

나이가 들어서도 행복한 성생활을 하고 싶다면 연애에 게을러서는 안 된다. 실제로 40대 이후의 섹스가 더 만족스럽다는 조사 결과가 많다. 여성들은 40대 전후에 섹스에 대한 지식이나 만족도가 높아지고 40대 이후의 남성들은 절정에 오르기까지 어느 정도 시간이 걸리면서, 소위 'O선생을 영접한다'고 칭하는 오르가슴을 함께 경험할 가능성이 높아진다고 한다.

이 연애,
정신에도 유익하다

6년째 연식 연애 중인 Y에게 '마흔셋에 하는 연애의 장점'을 물었다.
"이 나이에도 연애할 수 있다는 것, 연애를 꿈꿀 수 있다는 것이 가장 좋지. 어쨌든 연애는 기분 좋은 일이니까."

20대에 결혼한 그녀 친구들은 생활의 무게에 짓눌려 20년 가까이 연애 감정을 잊고 사는데, 자신은 여전히 두근거리고 흥미진진한 연애'질'을 무려 20년을 더 즐긴다는 것에 때론 우월감을 느낀다고 했다. 실제로 연식 연애를 가장 부러워하는 이들은 소위 '있을 유有' 자가 붙은, 가진 사람들이다. 내가 연식인의 연애를 소재로 칼럼을 연재할 당시, 주변의 유부녀와 유부남들은 '찌릿찌릿함을 느끼던 그때가 그립다'며 노골적으로 부러워하곤 했다. 나이가 들면 가슴 두근거리는 아드레날린이 분비될 기회가 확실히 줄어든다. 그런 면에서 이 유쾌한 기분을 지속적으로 느낄 수 있다는 것은 행복한 일이다.

남자는 여자의
미래일까

나이 들어서 좋은 점 중 하나는 '창피함이 오래가지 않는다'는 것 아닐까. 연애하고 싶은 상대가 생기면 과감하게 작업을 걸어볼 일이다. 상대의 스펙이나 조건 따위는 중요하지 않다. (제아무리 대기업에 다니면 뭐 하나, 앞으로 그 직장을 몇 년이나 더 다닐지 모르는데) 이제야말로 연애할 사람을 제대로 고를 수 있는 때다.

연식 연애를 하기로 마음먹었다면 '늦었다'는 말은 쓰지 말자. 이 연애로 인해 당신의 남은 인생이 바뀔 수도 있다. 삶의 질, 행복의 조건, 우선순위가 일순간에 바뀌는 순간이 올 수도 있다. 이는 아마도 긍정적인 변화일 것이다.

연식 남녀에게 연애가 주는 정신적 혜택 중 하나는 잃어버린 자신감 회복이다. 연애에 적합한 외모가 딱히 있는 게 아니다. 내 주위에서 연애하는 사람들만 봐도 외모가 절대적 조건이 아님을 증명하는 이들이 대부분

"여자 나이 서른에 좋은 남자를 만나기란
길을 걷다 원자폭탄을 맞는 것보다 더 어렵다."

– 〈파니핑크〉(1994)

이다. '연륜'은 외모 외의 다른 점들을 볼 수 있게 해준다.

마흔세 살 유부녀 G의 남편은 매사에 시큰둥했던 자신을 연신 박장대소하게 만드는 여자여서 지금의 아내인 G에게 흥미를 느꼈다고 했다. 마흔일곱 살 H는 부하 직원 때문에 잔뜩 열 받은 날 소개팅에서 회사 관리자이던 여자 친구를 만났는데 유익한 조언을 해줘서 시간 가는 줄 몰랐던 게 호감을 갖게 된 계기라고 했다. 그들이 발견한 상대의 장점은 일반적으로 연애학에서 어필하라고 가르치는 기술은 아니다.

이는 자의에 의해서든 타의에 의해서는 '연애 부적합형'으로 인식되고, 그동안 연애에 자신 없던 사람이, 나이 들어서 하는 연애에 자신감을 가져야 할 희망의 증거가 된다. 이 연애에서 이성을 보는 눈이 확실히 달라진다. 우리는 '흠 있는 사람들'이고 시기적으로 이미 '늦은 연애'라서 해피엔딩에 목숨 걸지 않으니까.

연식인들은 한 사람에게 무한한 사랑을 받고 싶다는 욕구에 굴복하지 않는 성숙함을 자랑한다. 관계에 문제가 생겼을 때, 그 책임을 전적으로 상대에게 전가하지 않고 문제의 원인을 자신에게서 찾는다. 그(그녀) 없이도 충분히 행복하게 살 수 있다는 사실을 알고 있어서 치근덕거리지도 않는다. 이 연애에서는 현재의 행복, 현재의 만족이 가장 중요하므로 미리 재거나 뒤로 미루거나 나중을 위해 아끼지 않으며 그럴 필요도 없다. 그래서 앞으로가 아니라, 지금이 행복할 수 있는 연애다.

나이가 들면 자신이 발 딛고 서 있는 땅 주위가 온통 무너져 내리는 듯한 극단적 위기의식과 공포감을 경험하는 때가 있다. 혼란스럽고 흔들리는 모습, 초라하고 무력한 자기 모습도 마주하게 된다. 그런데 중년 남성이나 겉으로는 강해 보이는 성공한 여성이 자신만의 어려움을 터놓고 말할 수 있는 상대가 누구인가. 바로 연식 연인뿐이다.

남자 친구 K는 가끔 내게 부담스러울 정도로 솔직하게 어려움과 고충을 털어놓는다. 지금은 안다. 그에게는 해결사가 아니라 들어줄 상대가 필요하며, 아마도 그의 복잡다단한 머릿속을 내보이는 이는 이 세상에 나 하나뿐이라는 사실을. 그것만으로도 그에게 이 연애의 의미는 크고, 계속해야 할 이유가 된다.

Lesson 5
누구에게나 상처는 있다

사랑이 시작되는 이유는 수만 가지이지만, 사랑이 끝나는 이유는 몇 가지다. 외도, 집착, 싫증, 성격 차이 등등. 그래서 연식 남녀의 상처는 대체로 비슷하다. 이별 뒤 시간이 꽤 흘렀는데도 상처로 인한 고통이 아직까지 생생하다면 당신은 아직, 그(그녀)를 용서하지 못한 것이다. 아직 잊히지 않는 사랑, 그 사랑이 준 상처는 다음 사랑에도 영향을 줄 것이다.

매번 상처 받는다는
상처 유발자

여자 친구들과 말다툼하면서 깨달은 사실이 있다. 상당수가 "화났어" 하지 않고 "상처 받았어"라고 항변한다는 것. 이유야 어떻든 상대는 가해자, 자신은 피해자가 된다. 늘 자기가 상처 받았다고 주장하는 부류가 있다. 소위 '너무' 착해서 이용당하고 버림받았다는 사람들이다. 그런 사람들은 누구를 만나든 잘못은 상대방 탓으로 돌리고, 순진한 피해자를 자청한다. 어린 시절에는 꽤 매력적인 캐릭터다. 상처를 매만져주고 낫게 해주고 싶다는 기사도 정신(또는 모성 본능)을 자극하니 말이다.

연식인들은 이런 유의 사람을 대할 때 신중해진다. 살다 보니 늘 타인으로 하여금 상처를 주게 만드는 부류가 있으며, 그들 상당수가 꽤 골치 아픈 스타일이라는 사실을 알기 때문이다.

습관처럼 상처 받는 자만큼 까다로운 상대는 없다. 말 한마디도 상대방이 어떻게 받아들일지를 다면적으로 생각해야 하고, 작은 실수에도 상처

"난 그저 사랑해달라며
당신 앞에 서 있는 여자일 뿐이에요."

– 〈노팅 힐〉(1999)

운운하면서 눈물이라도 글썽이면 왠지 죄책감이 드는 것이 은근 짜증이 난다. 또 이런 사람이 스스로 문제를 깨닫고 개과천선하는 경우는, 지금껏 살면서 안타깝게도 거의 보지 못했다. 오랫동안 스스로 쳐놓은 굳건한 수비의 벽 때문이다. 그 입장에서는 자기 과오를 인정하는 건 자아가 완전히 무너져 내리는 큰일이다.

상처 받은 이들은 늘 자신의 영역을 침범당하며 살아왔으므로 누구든 자신의 영역을 존중받아야 한다는 사실에 익숙하지 않다. 자신과 타인의 영역을 명확히 구별하지 못하는 데다, '상대방이 자기에게 상처 입히지 않을까'에만 온 신경을 집중하다 보니 '나는 나, 남은 남'이라는 사고방식이 불가능하게 된다.

- 『여자의 인간관계』(미즈시마 히로코, 눈코입)

지금껏 연애하면서 예외 없이 '상처 받아'왔다고 느낀다면 스스로를 돌아볼 일이다. 이 경우 해결책은 관계를 객관적으로 보는 연습을 하는 것이다. 상대방 그리고 제삼자라면 어떤 결론을 내릴지 지속적으로 생각해보라. 예전의 연애에서 납득할 수 없었던 점들을 돌이켜보고 내 문제점을 찾아보는 연습을 해보자. 이제 나이가 든 만큼 '입장 바꿔 생각하기'가 좀 더 수월할 것이다.

나쁜 상대만 만나는
상처 컬렉터

나쁜 남자만 만나는 여자가 있다. 팔자가 그렇다기보다 익숙한 스타일의 남자를 고르고, 상대가 누구든 그의 나쁜 점을 끌어내는 여자여서다. 이런 성향은 사회적으로 성공하고 부러움을 사는 직업군에 속한 여성들 가운데 의외로 많다. 일뿐 아니라 관계에서도 성공하고 싶은 이들은 관계 유지를 위해 많은 것을 참고 넘어간다.

결과적으로는 막말을 하고 바람맞혀도 좋은, 돈을 쓸 필요가 없는 여자로 그에게 각인된다. 이유는 하나. '아니' '싫다'고 말하지 못하는 거절 불능자이고, 분노의 감정을 누르는 표현 불능자이기 때문이다. 관계의 초기 단계에서 분명하고 단호하게 거절하는 표현을 하고, 화낼 수 있는 사람임을 알려라. 세상 어디에도 한쪽은 일방적으로 상처를 주고, 다른 한 쪽은 무조건 받아들여야 하는 관계는 없다.
브레이크를 걸지 않으면 결과적으로는 당신이 그를 괴물로 만드는 것이다.

"오늘 네가 아니었으면 난 영영 사랑을 몰랐을 거야."

– 〈이프 온리〉(2004)

이별이 남긴
나쁜 흉터

K에게는 나쁜 남자 기질이 있다.

그는 그것이 몇 번의 이별을 겪으며 스스로 계발한 성정이라며 자랑스러워한다. 마음이 이끄는 대로 무조건 잘해주기만 하던 시절 '네가 착해서 재미없다'며 떠나버린 여자 친구들에게 받은 상처 자리에 나쁜 흉터가 남았다. '나도 나쁜 남자가 돼서 여자들 좀 울려봐?' 하는 삐뚤어진 복수심이 싹텄다.

상처를 극복할 때 잘못의 원인을 자기 자신에게서 찾는 사람들이 있다. 이들은 심하게 자책하고 힘들어하지만, 결국 자신의 문제를 인식하고 극복한다. 이별을 경험한 뒤 전혀 딴사람이 되는 이들이다. "나랑 헤어진 걸 뼈저리게 후회하도록 정말 멋진 사람이 되고 말겠어" 하는 복수심을 갖는 것까지는 좋은데 그것이 반사회적 성향을 띨 때엔 문제가 된다.

연식이 어느 정도 되면 다행히 나쁜 흉터도 모서리가 둥글둥글해지고 거친 면도 반반해지기 마련이지만, 나쁜 흉터가 당신 마음에 생채기를 낸다면 그때그때 얘기하라. 마음이 아프다고, 화가 난다고. 철든 연식인이라면 입장을 바꿔 당신의 상처를 이해할 것이다. 반면 당신의 인격을 책망하는 사람이라면 그 자리에서 버려도 아깝지 않다.

당연한 상처,
담대한 사랑

지금 막 새로운 관계를 시작하면서 당신은 그 끝을 생각한다. 예전의 사랑도 시작은 풋풋하고 향기로웠다. 그리고 그 끝은 끔찍한 흉터를 남겼었지. 첫사랑이 아름다운 이유는 두려움 없이 시작하는 사랑이기 때문일 것이다. 연식인의 사랑은 첫 단추를 끼우는 것부터 힘들다. 손가락 마디마다 상처와 흉터가 가득하기 때문에.

마음에 상처를 입으면 아문 뒤에 흉터가 남기도 한다. 그런 경우 상처 입을 때와 비슷한 상황에 다시 놓이면 진저리를 치게 된다. 흔히 말하는 트라우마다. 연식인에게는 한두 개쯤 또는 그 이상의 흉터가 있다. 남에게 보이지는 않지만 스스로는 매우 잘 알고 있다. 그런 이들에게 흉터가 없는 사람처럼 행동하라는 것은 무리다. 자칫 거짓을 강요할 수 있다. 그러니 어차피 있는 상처, 숨길 필요 없다. 오히려 적당한 때 자신의 상처를 서로 알리고, 수용하는 것이 관계 안정화에 도움이 된다.
구체적으로 길게 말하지 말고, 어떤 행동이나 성격은 싫다고 잘라 말하

라. 덧붙여 '당신이 그런 사람이 아니라는 확신으로 이 관계를 시작한다'
고 짚어줘라.

얼마 전 손가락을 다쳤다. 오른손 검지여서 요리하거나 일할 때마다 상
처가 덧나지 않게 신경 써서 움직였다. 그런데 결국은 그 손가락에 또 상
처가 났다. 상처란 게 그런 것이다. 같은 실수를 반복하지 않으려고 신경
쓸수록 오히려 더 약한 고리가 된다. 그렇다고 상처 생기는 게 두려워서
손가락을 꽁꽁 싸매는 것도 의미 없다. 사랑에 상처 입었다면 다음 사
랑은 좀 더 대담하게 하라. 회복에도 이력이 붙기 마련이라 반복
될수록 다음번 회복은 좀 더 쉽다.

Lesson 6
남겨지느니 불태워라

사랑이 끝날 때 하나의 세상이 끝난다. 누가 차고 차였든 얼마나 사랑했든 상관없이 온 세상이 무너져 내리고, 천 길 벼랑 끝 한 뼘 땅 위에 겨우 서 있는 듯처절한 신세가 된다. 연식인은 그런 비참한 기분을 한 번 이상 경험했다. 그래서 새로운 사랑 앞에서 망설이게 된다. 또다시 혼자 남겨질까 봐. 그러나 사랑은 용기 있는 자의 것이다. 그리고 바보의 것이기도 하다. 실패를 각오하거나아니면 실패할 가능성 따위는 아예 생각하지 않고 달려들어야 하니까. 연식인에게 연애가 어려운 것은 이 때문이다. 용기는 한 해 한 해 세상에 조금씩 떼어주었고, 세상은 종종 실패라는 결과를 내 손에 쥐어주곤 했으니까. 우리는 이제 시도도 하기 전에 실패를 먼저 생각하는 겁쟁이가 되고 있다.

남겨지는 게
꼭 나쁜가

홀로 남겨지는 게 두려워 아무것도 하지 않는 것이 당신이 선택한 길이라면 그건 그냥 흘려보내기엔 너무 아까운 소중한 인생에 대한 예의가 아니다. 해보지 않고, 따라서 진 적이 없는데 스스로 패배자가 되기로 마음먹는 것과 같다. 그것만큼 아쉬운 게 어디 있나. 아무것도 하지 않으면 아무 일도 생기지 않는다.

백마 탄 왕자가 갑자기 말에게 먹일 물을 얻겠다고, 퍼져서 TV나 보고 있는 당신 집 초인종을 누르는 일은 없지 않겠느냐 말이다. 단적으로 3년간 단 한 번도 누군가를 만나려는 시도조차 하지 않은 사람과 3년간 끊임없이 소개팅을 하고 이것저것 해봤지만 잘 안 풀린 사람이 있다고 하자. 당신은 어느 쪽이 되겠는가. 시도조차 하지 않은 사람은 아무것도 하지 않아 오히려 꽉 막힌 정도가 더 심해지지만, 시도하고 실패한 사람은 잠시 아프긴 하겠지만 그래도 뭔가 배우고 달라진 점이 있을 것이다. 연식인이라면 당연히 시도하는 쪽에 서야 한다.

결론은 간단하다. 남겨지는 것이 두려워 인연을 멀리하지 말라는 것. 누구에게도 피해를 주지 않는 이별이란 세상에 없다. 당신이 떠난다면 그가, 그가 떠난다면 당신이 남겨질 것이다. 어느 한쪽이 상처를 받고 상처를 주는 것이 정해진 결과라면 확률은 50%이다. 나이가 들면 깨닫게 된다. 50%는 결코 나쁜 확률이 아니며, 50%의 승산이 있다면 기꺼이 그 관계를 시작해야 한다는 사실을 말이다.

"I HAVE LOVED YOU LIKE A FOOL."

– 〈비긴 어게인〉 OST

영화 〈비긴 어게인〉의 여주인공은 남자 친구를 위해 많은 것을 희생한다. 출세 가도에 접어든 그를 위해 커피 심부름도 마다하지 않고, 장기 투어도 쿨하게 보내준다. 남자 친구의 외도를 알았을 때, 그녀는 그의 뺨을 갈기고 곧장 집을 나온다. 그를 집에서 내쫓아버리거나 영국으로 돌아가는 비행기 표라도 얻어낼 만한데, 그저 기타 하나 달랑 둘러메고 집을 나선다. 어떤 변명도 용납하지 않는다. 그녀는 정말 바보스러울 정도로 그에게 사랑을 주었기 때문이다.

이별 장면에서 가장 지질한 혼잣말이 "내가 지한테 어떻게 했는데…"다. 이 말줄임표에는 '나는 내가 해준 것에 대한 대가를 받지 못해 아깝고 억울하다'는 말이 숨어 있다. 정말 사랑해서 할 짓 못할 짓 다 해준 사람은,

그런 말을 입 밖에 내지 않는다. 모든 걸 다 해줬다는 사실만이 그 관계를 깨끗하게 정리하는 이유가 된다.

물론 20대 때의 이별보다 지금이 더 힘들 것이다. 그때보다 더 간절할 것이기에, 그만큼 더 극복하기 힘들 것이다. 그래서 나는 최선을 다하는 자세가, 연식 연애에서는 필요하다고 생각한다. 인생을 살다 보니 어떤 승부에서건 최선을 다하면 비록 원하는 결과를 얻지 못해도 미련이 없다. 웃으며 돌아설 수 있었다. 연애도 마찬가지다. 최선을 다하지 않으면 미련이 남을 것이다. 그러니 예전 연애에서 하지 않은 남세스러운 짓, 희생, 헌신, 바보 같은 짓을 해보라. 행여 남겨지더라도 미련이 없으니 금세 마음을 추스르고 새로 연애를 시작하면 된다. 한때 당신이 남겨진 자였다는 사실을 잊게 될 것이다. 그러나 아무것도 하지 않으면 당신은 영원히 '남겨진 자'가 될 것이다.

승률을 알 수 없는 게임, 연식 연애

연식인에게 연애는 '잘 아는' 게임이다. 굳이 내 경험이 아니라도 보고 들은 얘기가 워낙 많다. 문제는 잘 알고 있는 게임이어서 실패할까 봐 더 두려워한다는 데 있다. 얼마나 아픈지, 힘든지 아니까 피하고 싶을 것이다.

하지만 다행스럽게도 연식 연애는 당신이 경험했던 예전의 연애와 다르다. 20대나 30대 초반까지는 누구를 만나든 비슷비슷한 연애를 했다. 서로의 감정을 확인하고, 첫 키스를 하고, 여행을 가고, 수줍게 첫날밤을 보내고, 3개월이 지날 즈음이면 조금씩 지루해지고…. 마치 매뉴얼이 있는 것처럼 유사한 과정으로 전개된다. 연식인 중에는 새로 누구를 만나려 해도 호구조사부터 시작하는 그 지루한 반복이 싫어서, 어느 날 기적처럼 훅 하고 날아와 가슴에 박히는 운명 같은 사랑을 갈구한다는 이들도 많다. (다시 말하지만 그런 일은 거의 일어나지 않는다!) 연식 연애는 당신이 어떤 사람이며 누구를 만나느냐에 따라 종잡을 수 없는 방향으로 전개된다. 질색했던 스타일의 남자에게 삽시간에 빠져들기도 하고, 거울 앞에서 내가 누구인지 반문할 정도로 자기도 몰랐던 새로운 모습을 발견하기도 한다. 연애하면 할수록 모르는 것이 생기고, 정신을 바짝 차리지 않으면 미친 듯이 빠져드는 것도 이 연애의 특징이다.

이 연애가 흥미로운 이유는 단 한 가지, 바로 '연식' 때문이다. 세월은 당신도 모르는 사이에 당신 몸과 마음에 영향을 미쳤고, 그로 인한 변화가 누군가와 함께하는 특별한 순간에 발현된다.

쉰 살의 독신 여성 P는 우연히 25년 전 첫사랑과 재회했고, 식사하자는 그의 제안에 응했다고 말해 우리를 흥분시켰다.

"전보다 더 매력적인 사람으로 변했더라고. 주름이 늘고 어깨도 왜소해졌고, 성격은 그대로인데 뭐가 달라져서 그런 건지 곰곰이 생각했어. 그가 말하길 '이해심이 늘었다'고 하더라고. 25년 전 자기는 너무 성급하게 판단하고 쉽게 흥분하는 혈기 왕성한 멍청이였다고. 인정하는 모습도 매력적이더라."

그들은 다음 만남을 기약하지 않은 채 헤어졌다고 했다. 그것 역시 한 번 깨진 인연은 되돌릴 수 없으며, 젊은 날의 추억으로 간직하는 게 더 가치 있음을 아는 연식인만의 '특급' 재능일 것이다.

더 크고 깊어진 이해심, 쉬 용서하는 마음, 역지사지, 위기 앞에서 의연한 태도 등등…. 이 밖에도 연식인의 장점은 셀 수 없이 많다. 그러니 사랑 앞에 당당하라!

왜 나는 상대가 나를 사랑하는 것보다 내가 더 상대를 사랑하는 게 그렇게 자존심이 상했을까? 내가 이렇게 달려오면 되는데, 뛰어오는 저 남자를 그냥 믿으면 되는데 무엇이 두려웠을까?

– 드라마 〈그들이 사는 세상〉

소개팅을 부르는
애티튜드

성공한 개인 사업가 J는 3년째 소개팅을 거절해왔다. 같은 연배에서 홀로 남은 몇 안 되는 남자들 중에 마음 맞는 남자를 만날 리도 없고, 사업을 하다 보니 세상에 정말 믿을 만한 사람이 드물다는 걸 알기 때문이라고 했다. 오래 알고 지내서 믿을 만한 사람 중에 찾아보거나, 그도 아니면 독신주의의 길을 걷겠다고 선포했다. 그러던 어느 날, 그녀 주변에 그나마 남아 있던 연식남이 갑작스럽게 결혼 소식을 알리면서 그녀 마음에도 변화가 생겼다. 꽤 오래전부터 말이 나왔으나 늘 거절하던 소개팅을 하겠다고 나섰다. 결론부터 말하면 남자는 그녀의 소개팅 역사를 통틀어 가장 괜찮은 스타일이었다. 그러나 너무 오랜만에 소개팅을 하다 보니 '감'을 잃어버린 것이 문제였다. 아무리 소개팅이 자연스런 만남이라도 해도 적당히 전략과 전술이 필요한데, 수년간 연마하지 않은 나머지 녹이 슬어버린 것이다. 결국 뼈아픈 실패를 했고 자신감을 회복하기까지 꽤 시간이 걸렸다.

하지만 얻은 것도 있다. J는 소개팅 제의에 더 이상 'NO'라고 말하지 않는다. 남아 있는 사람 중에 꽤 알찬 남자가 있음을 직접 확인한 것이 첫째 이유이고, 이제는 낯선 사람과 마주했을 때도 예전만큼 당황하지 않고 상대의 진가를 대강 파악할 수 있다는 것이 둘째 이유다. 나는 그녀의 두려움이 혼자만의 것이 아니며 비슷한 연배의 수많은 연식인이 갖고 있다고 격려해주었다. 그간 쌓은 경험과 연륜이 고맙게도 두려움을 극복할 수 있게 도와줄 것이라는 사실도 덧붙였다.

나는 '소개팅 전도사'로 불릴 만큼 주변 사람들에게 소개팅을 장려한다. 별 소득 없는 형식적인 만남에 지쳤다는 그들에게 '그럼에도 불구하고' 새로운 사람을 만나는 일을 멈추지 말라고 역설한다. 소개팅만큼 확실하게 이성을 만날 수 있는 방법도 드물다는 게 그 이유이고, 앞으로 소개팅 건수가 급속도로 줄어들 테니 굳이 지금부터 그 기회를 날리지 말라는 게 더 중요한 이유다.

이미 여러 차례 얘기했듯 나는 지금껏 소개팅만 2백여 회를 했다. 20대에 약 50회, 30대 초반에 약 60여 회 그리고 35세 이후에는 90회 정도. 서른 중반 이후에만 한 달에 두세 번 이상 소개팅을 했다는 결론이 나온다. 주변 연식인들은 그 나이에 어떻게 그렇게 많은 소개팅이 들어오느냐고 묻는다. 내게는 특별한 계명이 있었다.

소개팅에 감 떨어진
연식 남녀를 위한 조언

1. 주선자를 대우하라. 지금의 소개팅이 또 다른 소개팅을 낳을 것이다.

2. 아무것도 배울 게 없는 만남이란 세상에 없다. 좋은 만남은 좋은 대로, 나쁜 만남은 또 그것대로 배울 점이 있다. 오늘의 소개팅은 내일의 양식이다.

3. 소개팅의 목표는 연애가 아니라 두 번째 만남이다. 상대방에게도 나에게도 기분 좋은 경험이 되게 최선을 다하라. 상대 마음에 들면 데이트 신청을 받을 것이고, 마음에 들지 않는다고 해도 또 다른 소개팅을 받을 수 있다. 주선자에게 당신이 아직 시장가치가 있음을 증명했으니 말이다.

4. 소개팅마다 최선을 다해 꾸며라. 상대방에게 잘 보이기 위해서가 아니라, 자기 자신에게 잘 보이기 위해서다. 평소보다 예뻐 보이는 날, 자신감 있는 내 모습만큼 매력적인 무기도 없다. 가능하다면 전문가에게 메이크업도 받고 드라이는 기본이다. 평소보다 조금 신경 써서 나가면 되지 않느냐고? 그게 당신이 지금껏 싱글인 이유인지 모른다.

5. 첫 만남에서 내 모든 것을 보여줄 필요는 없다. 가장 기본적인 정보도 드러내지 않는 것이 좋다. 다른 이야기를 실컷 하다가 헤어지면, 상대는 집에 가는 길에 '그런데 전공이 뭐라고 했지? 다음에 만나면 물어봐야겠다'고 생각하게 된다. 자연스레 두 번째 만남이 보장된다.

6. 많이 웃어라. 진심인 듯 웃어라.

7. 잘 들어줘라. 경청하고 리액션하라.

8. 첫 만남에서는 어떤 불만도 화도 자제하라. 느닷없이 떨어진 새똥을 맞았대

도 아무렇지 않게 넘겨라. 성질머리를 보여줄 기회는 앞으로 얼마든지 있다. 하지만 첫인상으로 남겨서는 안 된다.

9. 무조건 상대방이 더 많이 얘기하게 하라. 짧게 질문하고 긴 답변을 유도하라. 말이 끝나길 기다렸다가 곧장 연결되는 질문을 던져라. 사람은 이성 앞에서 평소보다 말을 많이 했다는 사실을 깨달으면 이를 좋은 징조로 여긴다.

10. 관심이 있다면 헤어진 뒤 먼저 연락하라. 남자, 연장자, 더 좋아하는 쪽이 연락한다는 법칙은 연식 연애에서는 의미 없다. 어차피 안 될 인연이라면 얼른 털어버리는 게 애끓는 것보다 낫지 않겠냐고 합리적으로 생각하자.

Lesson 7
흠 있는 사람들

연식 남녀는 눈 딱 감고 넘어가기에는 뭐한 흠이 있어서 지금껏 혼자일 가능성이 높다. 하지만 『슬로 러브』의 작가 도미니크 브라우닝 방식으로 비유하자면 우리는 '중년의 사과'다. 상처가 있지만 잘 익었고 맛이 좋다. 남녀 관계에서 실패한 이력이 있지만 그래서 더욱 성숙하고 뒤늦게 찾아온 사랑을 소중히 여기고 위기를 넘길 줄 아는 사람들이다.

완벽한
신사는 없다

연식녀 L이 고민 중인 상대는 전형적인 개용남(개천에서 용 난 남자)으로, 좋은 직업에도 연로한 부모와 동생들 뒷바라지하느라 저축은커녕 대출금만 산더미다. 마흔세 살 연식남 S는 빼어난 외모에 잠자리까지 완벽하게 잘 맞는 여자 친구가 매일같이 술자리를 즐기는 탓에 공인된 연인 관계로 발전할지를 주저하고 있다.

이처럼 현실 세계에서 연식인(특히 연식남!)은 흠투성이, 그것도 놀라 자빠질 만큼 큰 흠이 있다. 나열하자면 경제적인 문제가 가장 앞서고, 복잡한 가정사, 심각한 음주 습관, 건강 문제 등이 그 뒤를 바짝 쫓고 있다. 아마도 이 흠들은 어린 시절 연애에서부터 실패 요인이었고 나이를 먹은 지금까지도 해결되지 않은 숙제로 남아 있을 가능성이 높다.

결국 당신이 연식인을 사랑하려면 그 사람 흠까지 받아들여야 한다는 애기다.

돌아온 사람들과
만날 때

나는 K의 조금은 어두운 현실 이야기에 마음을 열었다. 관계가 친밀해질 무렵 그는 이 현실이 어느 정도 어두운지 털어놓았다. 놀라울 정도로 솔직한 얘기였다. 뒤늦게 다시 공부를 시작했고 부양할 부모가 있는 장남 K의 흠은 대부분의 연식남이 그러하듯 경제적인 것이었다. 조용히 이야기를 듣고 있는 내 반응을 살피는 그의 눈이 낡은 그물에서 고기가 빠져나갈까 봐 근심하는 어부의 눈망울을 닮았다.

이야기를 끝내고 그가 물었다.

"어때?"

당시 나는 답변을 유보했다.

"… 아직은 어떤 결정도 내리지 않을 거예요."

(아직까지 그 이유를 그에게 말하지 않았지만) 모처럼 찾아온 연애의 달콤함을 만끽하고 싶은 게 첫 번째 이유였고, 그가 어렵게 꺼낸 현실 문제라는 게 내게는 그리 심각하게 느껴지지 않았다는 게 두 번째 이유였다.

아마 '참 좋은 시절'에 우리가 만났다면 겁 많고 무능력했던 당시의 나는 그의 흠을 도저히 감당할 수 없는 큰일로 여기고 도망쳤을지 모른다. 하지만 지금, 나는 그때보다 강하고 현명하며 용감하기에 그의 문제가 그리 무겁게 다가오지 않았다. 연식이 내게 안겨준 선물은 바로 '인생의 문제는 결국 해결되기 마련'이라는 깨달음이었으니까.

외국계 기업에서 일하는 J는 소위 말하는 '살짝 갔다 온' 돌싱녀다. 뛰어난 미모에 능력까지, 모두 갖춘 그녀에게 대시하는 멋진 연하남이 끊이지 않았지만 최근 몇 년간 그녀의 연애 성적은 그다지 좋지 않았다.
"나도 모르게 숙이고 들어가게 되지."
상대방이 그녀의 이혼 경험을 개의치 않는다고 해도 왠지 미안한 마음이 들어서 자신의 요구를 내세우기보다 상대의 요구 사항을 더 잘 들어주게 되더라는 것. 그녀는 착하고 헌신적이지만 상대는 그다지 좋지 않은 남자들이었다. 그들은 주는 것 없이 받는 것을 당연하게 여기고, 더 많은 것을 요구하고, 점점 배려하는 마음을 상실해갔다. 그리고 그녀가 쉽사리 결혼이나 미래에 대한 얘기를 꺼내지 못하는 것을 이용해 자존심을 긁거나 막말을 하기도 했다. 그녀의 인내심이 한계에 이를라치면 여지없이 이별이었다.

그러다 돌싱남을 만났다. 그녀가 지레 한 계단 아래로 내려서지 않아도 되는 관계였다. 처음으로, 자신의 솔직한 감정을 상대가 어떤 식으로 받아들일지 생각하지 않았다고 했다. 그저 감정 자체에만 집중해도 되겠다고 느꼈는데, 그 남자도 마찬가지였다. 자연스레 과감한 애정 표현을 즐겼고 진도도 빨랐다. 그는 친구, 가족들에게 자랑스레 그녀를 소개했다. J는 스스로 숨지 않는 연애를 하게 된 것이 참으로 오랜만이었고 캄캄한 굴속에서 나온 것처럼 환한 느낌이었다.

통계청의 2013년 자료에 따르면 성인 남녀의 이혼율이 OECD 회원국 중 9위이며 아시아에서는 단연 최고라는 우리나라. 이에 따라 돌싱 남녀의 수도 확연히 늘었다. 주변에서 연식인을 소개해주면 '혹시 갔다 온 것 아니냐'고 자연스럽게 묻는 것도 이 때문이다. 사실 이혼 경력은 연애를 꿈꾸는 연식인에게는 극복하기 힘든 '흠'이 된다. 이혼에 대한 저마다의 편견은 둘째로 치고, 마치 서류 전형처럼 소개 단계에서 걸러질 확률이 높다. 행여 상대가 이혼 경력을 모르고 나왔다면 언제쯤 그 사실을 알려야 할지 고민하게 되고 그러자면 관계가 삐걱거리게 된다. 연애에서 중요한 것이 서로에 대한 감정일 텐데 '사람만 좋으면 되지'라는 말이 말처럼 쉽지 않은 게 현실이다.

당부하고 싶은 것은, '돌아온 사람들'과의 만남에서도 연식인의 장점을 최대한 활용하라는 것이다. 솔직하게 표현하기. 더 이상 주변의 시선이나 참견에 휘둘리지 않아도 되는 나이이니 이 점을 최대한 활용하자. 사랑하는 사람과의 관계에서 이미 쓸데없다고 경험한 것(체력 소모성 밀당, 감정 재기, 집착 등등)을 덜어 내고, 가볍고 담백하게 연애하자.

돌아온 그녀 P에게는 '기왕 늦은 연애'의 면모를 이번 만남에서 제대로 활용하라고 조언하고 싶다. 전혀 서두를 필요가 없다는 얘기다. 한 살이라도 어릴 때 재혼을 하라거나 동거를 시작하라는 주변의 조언을 과감히 흘려듣는다. 다시 시작하는 사랑에서 가장 중요한 것은 현실적인 조건이 아니라, 서로에 대한 감정이 얼마나 굳건한지를 확인하는 것이다. 굳이 일깨워주지 않아도, 이미 한 번의 실패를 경험한 이들이라면 더 잘 알 것이다.

열정과 안정은 함께하지 않는다.
－『아무것도 아닌 것들의 사랑』(유성용, 지안출판사)

연식인의 연애 감정이란 어쩔 수 없이 동지애 같은 성격을 띠게 된다. 이는 인생의 온갖 문제를 해결하는 과정에서 자연스럽게 밴 몹쓸(!) 연민 때문일 것이다. 어쩌면 눈 딱 감고 피해 갔을 피곤한 인생의 구렁텅이로 스스로를 밀어 넣는 연민이야말로 우리의 아킬레스건이다. 하지만 이는 '내가 부족하니까 상대의 부족함도 끌어안는다'고 여기는 겸손한 사람만이 지닌 성숙한 감정이기도 하다. 그러니 자부심을 가져도 좋다.

연식인을 좋아하게 되었다면 그의 안타까운 상황을 바꿀 수 없음을 알아야 한다. 그 대신 나 자신이 달라지면 된다. 안정과 열정, 두 가지 선택지 중에서 열정을 선택하지 않았는가. 그렇다면 새삼 안정을 문제 삼지 않으면 된다. 그리고 상대와 같은 편에 서라. 처음의 열정이 꺼지지 않고 지속되게 하려면, 그의 흠(현실의 문제들)을 함께 해결하고자 노력해야 한다. 그의 문제이지만 우리의 문제로 인식하려는 자세가 필요하다.

그래도
사랑하는 사이

참 좋은 시절에는 친구들에게 남자 친구를 소개할 때, 상대의 훌륭한 외모나 안정된 직장 같은 장점을 자랑하고 단점은 대충 얘기하거나 숨겼다. 하지만 지금의 나는 일단 K의 단점(흠을 포함한)을 장황하게 나열한 뒤 '그럼에도' 그를 좋아하는 이유를 덧붙인다. 소개 방식의 변화는 이 관계가 가는 방향을 명쾌하게 설명해준다. 우리는 수많은 흠이 있음에도 서로 사랑하는 연인이다.

그렇다고 흠 있는 상대를 무조건 받아들이라는 의미는 아니다. 흠은 말하자면 그 사람의 (부정적인) 스펙 같은 것이다. 물리적이고 외형적인 요소다. 그것은 시소의 한 축으로 맞은편에는 형이상학적이고 정신적인 요소인 '그럼에도'가 있다. 온갖 흠이 있어도 상대가 연인 관계에 더할 나위 없이 충실하고, 노력하는 사람이라면 함께 파도를 넘겠다고 각오해도 좋다.

(설혹 당신을 안심시키기 위해서라 해도) 자신의 흠을 달콤한 말로 포장하거나 가리는 사람이라면 관계가 더 깊어지기 전에 정리할 일이다. 관계에서 아주 기본적이고 중요한 신뢰를 지키지 않는 상대이기 때문이다. 안타깝지만 나이가 들수록 거짓말의 기술은 향상되기 마련이다. 뒤늦게라도 거짓으로 일관하는 연식인의 진실을 파악했다면 뒤도 돌아보지 말고 출구로 나와라.

좋지 않을 때라도 사람들은 형편에 맞춰 결혼을 한다.
당신의 남자가 돈을 핑계로 청혼하지 않는다면, 안정적이지 못한 것은 그의 은행 계좌가 아니라 두 사람의 관계다.

－『그는 당신에게 반하지 않았다』(그렉 버렌트 외, 해냄)

"청춘은 왜 젊음에 낭비되어야 하나요?"

– 〈비긴 어게인〉(2013)

Lesson 8
머리 굵은 사람들의
이상형

참 좋은 시절, 남자의 이상형은 '예쁘고 섹시한 여자'였고, 여자의 이상형은 '백마 탄 왕자'였다. 하지만 연식남의 이상형은 평강공주이고 연식녀인 나의 이상형은 휴 잭맨이다.

평강공주를
찾는 그 남자

평강공주

고구려 평원왕의 딸. 어릴 때 자주 울어 그때마다 부모가 바보 온달에게 시집보내겠다고

하여 울음을 그치게 했다. 열여섯 살 때 평원왕이 다른 가문에 출가시키려 하자 궁궐을 뛰

쳐나와 온달을 찾아가 혼인했다. 그 후 온달에게 학문과 무술을 가르쳐 고구려에서 제일

가는 상군이 되게 했다.

※ 집안과 스펙이 좋고, 내조력이 최고다. 평생 한 남자만 바라본다.

20대에는 예쁜 얼굴에 섹시한 몸매의 여자가 좋았다. 서른을 전후해서는
철들고 배려심 있는 착한 여자를 보는 눈이 생겼다. 기왕이면 경제적 부
담을 함께 나눌 능력 있는 여자를 바랐다. 그리고 40대에는 평강공주를
원한다. 결혼한 친구들을 보니 능력 있는 여자도 꽤 피곤하더라는 것. 여
자가 자아실현 하는 것도 좋지만, 그보다는 내 상황을 이해하고 헌신적
으로 뒷바라지해줄 여자가 절실하다.

40대 남자는 사회적으로 위기에 놓인다. 사방이 적이고 어깨에 진 삶의 무게가 버겁다. 다 큰 어른으로서 투정 부리거나 하소연할 곳이 없다. 이럴 때 남자들은 자신이 성공할 수 있게 방향을 잡아주는 여자를 원한다. 실질적인 도움을 주지 않더라도 곁에서 응원하고 믿어주는 여자가 필요하다. 뛰어난 문제 해결 능력으로 뜻밖의 도움을 주고도 남자 자존심을 지켜주는 여자, 그게 평강공주의 실체다.

"전에는 그냥 내 얘기를 잘 들어주고 맞장구만 쳐줘도 현명한 여자라고 생각했어. 하지만 이젠 그냥 듣고만 있지 않고, 뭔가 실질적인 해결 방향도 제시해주는 여자가 간절해."

마흔네 살의 마케터 H는 직장 동료가 "전업주부인 아내가 생각한 아이디어"라며 새로운 전략을 소개하자 한없는 질투심을 느꼈다고 했다. 마치 유능한 직장 동료처럼 함께 뛰면서 해결책을 제시하고 넋두리도 들어주는 존재가 간절했다고.

"얼마 전 문화센터에서 '세무 과정' 수업을 듣기 시작했어요."
몇 달 전 결혼한 서른아홉 살 L은 세금 얘기만 나오면 골치가 아프다는 남편의 푸념을 흘려듣지 않고, 팔자에 없던 세금 공부를 시작했다. 연식녀들 가운데 일명 '평강공주 콤플렉스'를 가진 이가 많다. 사랑이란 남자의 능력을 개발시키고 그 성공을 통해 느끼는 성취감에 있다고 믿는 여성들인데, 그들은 내조를 희생이라고 생각하지 않는다. 직장살이와 인생 경험을 통해 단련된 문제 해결력을 발휘할 좋은 기회이기도 하고, 사랑은 슬프고 힘든 순간을 함께 헤쳐가면서 더 단단해진다고 믿기 때문이다.

서른다섯 살 P는 별 볼 일 없던 남자 친구에게 당시 한창 크고 있던 자신의 가족 사업에 동참할 것을 제안했다. 그 후 그는 의외의 적성을 발견하고 특유의 성실함으로 꽤 성공했다. 문제는 P가 그의 성공을 인정하지 않았던 것. 그녀는 "나를 만나지 못했다면 지금의 네가 있을 수 있겠냐"며 생색내기 시작했고 결국 파국을 맞았다.

당신이 그를 성공시켰더라도 그는 당신이 단지 방향을 잡아준 것뿐이라고 느낄 수 있다. 연식남의 자존심을 우습게 보면 안 된다.

휴 잭맨을
기다리는 그 여자

휴 잭맨

오스트레일리아 출신의 섹시 아이콘. 열세 살 연상의 데보라 리 퍼니스와 결혼해 20년째 행복한 결혼 생활을 이어가고 있다. 아내가 불임으로 힘들어하자 두 아이를 입양했으며, '자식 바보'란 소리를 들을 만큼 입양한 아이들을 사랑으로 키우고 있다.

※ 연식녀를 제대로 대우하고 행복하게 하는 법을 아는 남자.

연식녀는 남자를 알아버렸다. 잘생기고 스펙 좋은 남자는 결국 '꼴값'을 한다는 것을. 백마 탄 왕자가 내게 관심을 보여주는 것까지는 영광스럽고 좋으나, 매사에 남들이 떠받드는 데 익숙한 남자는 참 성가신 존재다. 연애에 실패하는 원인이 대부분 신뢰의 실종이었으니, 가장 중요한 것은 '나만을 봐줄 남자'다. 비록 내 외모 경쟁력이 (참 좋은 시절을 보내는 아이들에 비해) 떨어지더라도, 있는 그대로의 나를 좋아하고 한눈파는 일 없이 한 여자만 섬기는 남자가 좋다.

사랑하다 보면 함께 넘어야 할 장애물이 자꾸 생긴다. 그러니 상대가 어른스러운 사람인가도 중요하다. 어떤 문제든 상대방 입장에서 바라보고 적절한 해결책을 제시하는 남자가 좋다. 이는 나이와는 상관없으니 연하라고 해도 어떤 면에서는 나보다 성숙한 사고를 하는 사람인지가 중요하다.

이 연애의 목적이 결혼은 아니었다고 해도, 가정적인 남자인지의 여부는 그와의 연애를 지속할지를 결정하는 데 꽤 큰 영향을 미친다. 다정한 남편이자 훌륭한 아버지가 될 자질이 있는 사람인지는 중요하다. 그러면서 자기 관리도 잘하고, 연식남의 최대 약점인 부족한 체력에 대한 우려를 멀리 날려버리는 사람이라면 더 좋겠지. 친절하고 마음이 따뜻한 사람, 균형 있는 사고를 하는 사람일 것이며…. 쩝. 연식녀들은 눈을 낮췄다지만 아직 멀었다.

하지만 나 한 사람만 바라볼 것. 이것이 첫째 조건임은 확실하다. 그 하나만 충족해도 기꺼이 연식 연애를 시작할 것이며, 이후 그녀들의 이상형은 '그 사람'으로 바뀔 것이다.

완전히
불완전한 반쪽

크리스토프 포레는『마흔앓이』에서 40대는 '끝날 것 같지 않은 막연한 슬픈 감정'과 함께 살아가는 때라고 했다. 젊은 '인생 전반기'를 떠나보냈다는 사실, 그런데도 삶은 여전히 방향을 잃고 불안하다는 사실 때문에 슬프다. 문제들은 절박하지 않고, 시간이 흐르면 자연스럽게 해결되리란 걸 알지만, 심리적 불안감은 쉽게 사라지지 않는다.

만성적인 불안감은 매사를 부정적으로 보게 하고, 결과적으로 자신감이 조금씩 사라진다. 불안감은 연식인의 이상형에도 영향을 미친다. 불완전한 존재인 데에다 완벽해지려고 노력하기도 이제는 귀찮고 힘드니, 나의 부족한 부분을 메워줄 수 있는 이성이 필요하다.

또한 예전 연애에서 추구한 육체적 · 정신적 끌림 외에 특별한 무언가를 더 기대하게 된다. 연식남의 이상형은 '조력자'이고, 연식녀의 경우에는 '외눈박이 사랑'이다. 지금 당신이 연식인을 만나거나 만날 준비를 한다면 그런 이상형의 면모를 보여주기를 권한다. 자신에게 없는 스펙이면 계발해도 좋다. 연식 연애는 20대 때처럼 우연히 마주치고 스파크가 튀어 성사되는 것이 아니다. 건수를 만들고 노력하고 어필해야 하는 게 지금 이 나이의 연애다.

운명이 당신 앞에 그 사람을 데려다놓을 수는 있어도, 당신 것으로 만들어주지는 못한다. 당신이 상대의 불안감을 매만지고 부족함을 채우려고 노력하는 그때, 비로소 그는 당신의 남자 또는 여자가 될 것이다.

첫 만남부터 애프터까지

첫 만남에서는 내 인생을 걸어도 될지를 보는 게 아니라, 짧게라도 연애 생활을 일궈가도 좋을지를 보라. 일주일 또는 한 달도 채 못 갈지 모르지만, 이건 해볼 만하다. 장담하건대 일단 연애 급물살에 뛰어들기만 하면 연식인의 연애는 과거 어떤 연애보다 더 흥미진진한 방향으로 진전될 테니까.

"한 가지 비밀만은 말해주고 싶어.
내가 널 만난 것 자체가 기적이야."

– 〈말할 수 없는 비밀〉(2007)

첫 만남에서는
통로만 찾아라

연식인은 연애에서 최선을 다한 적이 있다. 그 결과, 노력한다고 해서 원하는 모든 것을 얻는 것은 아님을 알고 있다. 이것은 매우 중요한 포인트다. 모든 것을 던지는 것이 아니라, 적당한 선에서 (내가 투자한 만큼은 돌려받을 수 있다는) 주고받기가 가능한지의 여부가 피차 지치지 않고 연애를 해가는 데 중요하다.

첫 만남에서는 주고받음의 통로 '입구'만 체크해도 이상적이다. 그(또는 그녀)에게 더 다가갈 마음이 생기는지, 상대방 마음의 문이 열려 있는지, 앞으로 더 깊고 넓은 의사소통이 가능할지만 가늠해도 좋다. 연식인들은 오랜 비연애 생활로 인해 자신도 모르게 마음의 빗장을 걸어두었을 가능성이 높은데, 누군가가 조금이라도 마음속으로 가까이 접근했다는 사실만으로도 특별한 의미를 부여할 것이다.

결혼 적령기가 한참 지나고, 가임기가 얼마 남지 않았음을 받아들이기 시작했고, 이제 내 인생에 제대로 된 연애 운은 다시 오지 않겠구나 싶을 무렵, K를 만났다. 소개팅 일주일 전, 나는 뜻하지 않게 그동안 해오던 잡지 일을 그만두었다. 인생이 통째로 흔들릴 만큼 혼란스러웠고, 몸 밖으로 자꾸 삐져나오려는 불안감을 두꺼운 외투로 누른 채 약속 장소로 나갔다. 때는 서른아홉 번째 생일을 나흘 앞둔 겨울이었다. 2백여 회의 경험을 통해 소개팅에서 호구조사로 대표되는 뻔한 질문들이 사람을 판단하는 데 아무런 도움이 되지 않음을 이미 알고 있었다. 해서는 안 되는 말이 무엇인지도 잘 알고 있었다. 예컨대 "왜 지금껏 혼자인가"와 같은 질문들.

나도 모르게 머릿속 불안감을 첫마디로 꺼내놓았다.
"실은 제가 일주일 전에 회사를 그만두었어요."
짓누르는 불안감을 어떻게든 해소하고 싶어서 이 만남이야 어찌 되든 상관없다는 태도로 말이다. '첫 만남에서 무거운 대화 주제는 절대 금물', 이것은 소개팅학 개론 제1장 제1절에 나올 법한 주의 사항이거늘 그때 나는 아랑곳하지 않았다. 그는 유연하게 대응했다. 그는 내가 처한 상황을 신중히 듣고 자신의 언어로 간결하게 요약한 뒤, 조심스럽지만 긍정적인 비전을 제시해주었다. 16년이나 일했으면 좀 쉴 때도 되지 않았느냐며, 그동안 못한 일들을 하면서 실컷 쉬는 게 좋겠다고 거들었다. 그러고는 새로 벌인 비즈니스가 기대만큼 빨리 자리 잡지 않아 불안하다며 자기 상황을 가볍게 언급했는데, 묘하게도 큰 위로가 되었다.

"남들은 한창 안정기에 접어들 나이에 우리는 왜 이러고 있는 걸까요?" 내가 건넨 말에 그는 격하게 공감하며 웃었다. 우린 그렇게 부정적인 공통점 하나를 공유하는 것으로, 서로에게 마음의 문을 열었다. 갑작스러운 실직을 받아들이는 법으로 시작된 대화가 직업관, 정치관, 요리, 운동에 이르기까지 다양한 주제로 옮겨갔다. 재미있는 것은 한참 대화했지만 정작 이 사람의 '배경'에 대해 안 것은 별로 없었다는 사실이다. 세 시간여에 걸친 대화에도 그의 나이, 형제 관계조차 물어보지 못했다.

그가 사려 깊어서 인생의 크고 무거운 문제를 터놓고 이야기하기에는 믿을 만한 사람이라고 생각했다. 물론 그가 똑똑하지만 그건 머릿속에 든 지식의 양과는 상관없다. 이야기를 듣고, 받아들이고, 공감하며 반응하는 마음가짐의 문제일 뿐. 그는 일단 잘 듣고, 자신이 이해한 내용을 자신만의 언어로 요약해 확인한 뒤 잠시 생각했다가 의견을 내놓았다. 대화의 진행 속도가 빠르진 않았지만 나는 대화의 묵직한 무게감이 무척 마음에 들어 테이블 위로 몸을 기울여(이 역시 소개팅학 개론에 여자가 해서는 안 되는 태도라고 나옴에도!) 다음에 이어질 대화를 기다렸다.

첫 만남에서는 내 인생을 걸어도 될지를 보는 게 아니라, 짧게라도 연애 생활을 일궈가도 좋을지를 보라. 일주일 또는 한 달도 채 못 갈지 모르지만, 이건 해볼 만하다. 장담하건대 일단 연애 급물살에 뛰어들기만 하면 연식인의 연애는 과거 어떤 연애보다 더 흥미진진한 방향으로 진전될 테니까.

알아보려면 귀 기울여요

연식인은 직관적으로 안다. 연애의 황금기에 중요하다고 생각한 것들, 예 컨대 첫인상이나 공통점 찾기 등이 관계를 형성하고 유지하는 데 아무런 구실을 하지 못한다는 사실을. 그보다는 '상대방을 이해하려고 하는 사 람인가'나 '매사에 배려하는 사람인가' 같은 마음가짐이나 사고 태도가 더 중요한 판단 기준이다.

따라서 연식인을 만날 때에는 대화에 주의를 기울여야 한다. 그 나이에 으레 젖어들 수 있는 꽉 막힌 사고방식, 지적질과 비난을 일삼는 사람이 라고 파악되면 당장에 거르고 봐야 한다. 잘 듣고(가장 기본이자 중요한 덕목), 잘 공감하고, 정답은 아니지만 성의 있는 해결책이나 명쾌한 결론 을 내놓는 상대라면 다음을 기약할 만하다.

'PAUSE'의 의미도 달라진다. 참 좋은 시절에는 대화가 끊기는 불편한 침 묵의 시간이 잦으면 상대방과 내가 맞지 않아서 그런다고 생각했다. 하지만 연식인의 연애에서 침묵은 잠시 생각하는 시간, 쉬어가는 시간이 된다. 둘 중 어느 쪽도 조바심 낼 필요가 없다. 우린 많은 시간을 지냈고, 앞으로도 시간이 많으며, 그 시간을 꼭 말이나 행동으로 채워야 할 필요는 없다.

시간이 없어,
솔직한 게 좋아

과거 연애와 견줘 순위가 급상승하는 중요 요소가 바로 솔직함이다. 좋고 싫음을 분명히 표현하는 건 연식인의 연애에서 매우 중요하다. 상대방이 하는 말의 진짜 의도를 알 수 없어 골 아프게 문자나 행동을 분석해야 하는 건 이제 귀찮다.

처음 그와 만난 레스토랑의 음식과 분위기가 나는 무척 마음에 들었다.
"음식 괜찮아요?"
"음… 맛은 있네요…."
"'맛은 있다'는 게 무슨 의미인가요?"
"음식이 짜요. 짠맛은 나는데 내 스타일은 아니라고요."

동방예의지국의 후예로서, 입에 대지도 못할 음식이 아니라면 첫 만남에서 그냥 맛있다 또는 괜찮다 하면 되는 것 아닌가. 내 쪽에서 선택한 레스토랑인데 굳이 만족스럽지 않은 점을 지적하고 넘어가는 데 뜨악했다.

말할 수 없이 까다로운 사람이려니 생각했다. 그 후 약간 방어적 자세를 취하고 대화를 이어가다가 그가 솔직한 사람이란 걸 깨달았다. 말을 던지고 상대의 눈치를 살피거나 그 반응 여하에 따라 태도를 바꾸거나 강도를 조절하는 따위의 배려는 없었다. 그저 앞만 향해 휙 던지는 말의 연타가 이어졌다.

물론 처음에는 솔직함이 당황스럽다. 귀가 빨개질 정도로 무안을 느끼기도 하고 '아니'라는 부정적 말 한마디에 대화는 갈 곳을 잃는다. 하지만 그 말이 '당신이 싫다'는 뜻은 아님을 이해할 필요가 있다. 연식인들은 애매한 것보다 분명한 것이 더 합리적이고, 관계 정립에 도움이 된다고 믿는다. 그러니 첫 만남에서 직설적으로 의견을 피력하는 사람은 나쁜 상대가 아님을 명심하자.

의도적으로라도 솔직함이 장점이라 생각하다 보면 좋은 면을 더 발견하게 될 것이다. '눈에 보이는 모습이 그 사람의 전부'라고 생각하면 '만 하고도 하나'까지 세며 밤을 하얗게 지새울 일은 없을 것이다. 단, 솔직함을 인신공격의 수단으로 사용하는 사람이라면 두고 볼 것도 없다.
사납게 째려봐주고 당장 돌아서서 나와라.

두 번째 만남을
부르는 노련미

소개팅 이후 애프터 신청은 무조건 연식남이 해야 한다. 무슨 시대착오적 발상이냐 하겠지만, 이건 연식 남녀 연애 이야기라는 걸 염두에 두길 바란다. 우리는 요즘을 살지만 마음 한 켠에 늘 과거를 두고 살면서 순정을 갈구하는 사람들임을 잊지 마라. 연식 남녀 연애에서 중요한 덕목 중 하나는 '느긋함'이고 반드시 피해야 할 것은 '초조함', '서두름'이다.

난자의 유효기간이 다했거나 아침마다 남자의 건강함을 확인하는 횟수가 현저히 줄어드는 등에서 오는 조급함을 들키면 안 된다. 그런데 대부분 초조한 것은 여자 쪽이라고 짐작하는 분위기에서 만약 여자가 두 번째 만남을 청한다면 이는 초조함으로 해석되기 쉽다.

상대방에게 호감이 있다면 여성도 첫 만남에서 확실히 호감을 표현하는 게 낫다. 첫 만남에서는 미적지근하다가 헤어진 뒤 돌변해 적극적으로 어필하는 여성은 속내가 의심스럽다 못해 무섭다는 것이 주변 연식남들의 증언이다. 첫 만남에서 호감을 말로 표현하는 게 쑥스럽다면 진심을 담은 눈빛이라도 확실히 쏴주는 것이 좋다. 별로 어렵지 않다. 상대와 눈을 마주친 채 3초 정도 센 뒤 입꼬리를 살짝 올려 아주 옅은 미소를 지어주면 된다. 당신에게 관심 있는 남자라면 눈치챌 것이다.

Lesson 10
승부는 두 번째
만남에서 결정된다

두 번째 만남은 첫 만남에서 받은 인상을 확인하는 자리다. 과연 그 사람이 좋은 사람 같은 인상을 풍기려고 연기한 것인지 아니면 정말 좋은 사람인지 판단하는 것이다. 첫인상이 완성되는 것은 찰나이고, 그것을 바꾸기 위해서는 새로운 정보가 약 200가지는 주어져야 한다는 말이 있다.

클래식하지만
진부하지 않게

소개팅만 2백 번을 한 마흔 살 여자와 반백 년 가까이 살아온 남자. 마침내 두 사람이 소개팅 이후 첫 번째 데이트를 한다. 두 연식인의 만남은 손짓 하나에 섬광이 일고 눈빛 한 번으로 열 가지 수를 읽는 흥미진진한 게임일까?

안타깝지만 진실은 '전혀 그렇지 않다'. 하품 풍풍 나는 지루하고 느릿한 전개가 이 만남의 정체다. 점잔을 빼거나 유치하기 이를 데 없는 기술이 이어진다. 두 번째 만남의 정체는 한마디로 '클래식 데이트'다. 클래식의 매력이란 보편적인 것에서 크게 벗어나지 않아 익숙하되 가치 있어 보인다는 데 있다.

비유하자면 연식은 클래식한 존재들이다. 우리가 살아온 세상에서는 경험과 관례를 크게 벗어나는 변칙 행동은 환영받지 못한다. 이미 젊은 시절에 익히 다 겪어봐서, 이리저리 머리 굴리거나 튀는 행동은 불안감만

부를 뿐 다 쓸데없는 행동이다.

'차 떼고 포 떼고, 곧장 본론으로 직행'하는 게 연식인의 데이트법이다.

클래식 데이트의 핵심은 '정해진 순서에 맞는' 느린 데이트다. 단, 이는 두 번째 데이트까지만이다. 세 번째 데이트부터는 젊은 연인은 상상도 할 수 없을 만큼 걷잡을 수 없는 방향으로 급행할 가능성이 다분하다.

두 번째 만남은 첫 만남에서 받은 인상을 확인하는 자리다. 과연 그 사람이 좋은 사람 같은 인상을 풍기려고 연기한 것인지 아니면 정말 좋은 사람인지 판단하는 것이다. 첫인상이 완성되는 것은 찰나이고, 그것을 바꾸기 위해서는 새로운 정보가 약 200가지는 주어져야 한다는 말이 있다.

"두 번째 데이트 때 여자가 어떤 옷을 입고 나오면 좋겠어?"
"편안한 옷, 무조건 편해 보이는 옷."

K는 그렇게 말했지만 여기에 함정이 있다. 편안한 복장이란 티셔츠에 헐렁한 팬츠가 아니다. '예쁘고 섹시하게 입되 하이힐을 신지 않은 모습'일 뿐! 연식남들은 치장하는 여자에게 질렸다며 '내추럴함', '편안함'을 좋아한다고 하지만 연식녀들이 익히 아는 그것과는 거리가 있다. 평소 내추럴한 스타일이 좋다던 그 역시 여성스럽고 섹시한 속옷에 반응했고, 내

가 화려한 프린트의 실크 투피스를 입고 나타났을 때 안아주고 싶다는 본심을 흘렸다.

연식남의 취향은 의외로 간단하다. 귀엽거나 섹시하거나 이왕이면 둘 다이거나. 특히 섹시함은 '앞으로의 짜릿한 전망'을 남자가 기대하게 만든다는 점 때문에, 매우 신경 써서 연출해야 하는 요소다. (나중에 들키더라도) 볼륨감을 강조하는 속옷, 물 흐르듯 부드러운 소재의 의상, 가슴 라인으로 시선을 끄는 버튼다운 셔츠를 추천한다. 여성이 자진해서 성적으로 포장하라는 거냐는 비난이 일지도 모르겠다. 하지만 성적 매력은 연식 남녀의 연애에서 기본이자 필수 요소이며, 때론 전부가 될 수 있다. 그러니 초기 만남에서 그런 기대를 심어준다고 해서 문제가 되는 것은 아니다.

"한 가지 비밀만은 말해주고 싶어.
내가 널 만난 것 자체가 기적이야."

– 〈말할 수 없는 비밀〉(2007)

그래도 들어줘야 하는
왕년 이야기

첫 만남에서 여러 가지 주제를 짧고 가볍게 건드리며 대화가 이어진다면 두 번째 만남에서는 처음보다 적은 주제를 조금 깊게 다루며 대화하게 된다. 따라서 자신 있는 주제이면서 상대방도 흥미 있을 만한 주제로 대화의 물꼬를 튼다.

연식인들은 '옛날이야기' 하는 걸 좋아한다. 어린 시절, 특히 왕년에 잘나가던 시절은 신나게 얘기할 수밖에 없는 주제다. 말을 많이 하는 쪽, 오늘 따라 쉴 새 없이 얘기가 잘 이어진다고 생각하는 쪽이 상대방에게 더 호감을 갖게 된다. 그러니 이야기를 끌어내는 쪽은 당신이어야 한다. 나이 차가 있어 생소한 시절의 이야기가 나오더라도 끊지 말고 일단 듣자. 순진한 눈빛으로 그 시절에 대해 질문해도 나쁘지 않다.

첫 만남에서 가족이나 집안에 관한 호구조사를 하면 인구센서스 조사관 같은 딱딱한 느낌을 피할 수 없다. 어느 정도 서로에 대한 호감을 확인한 두 번째 만남이 호구조사 하기에 최적의 타이밍이다. 옛날이야기를 하다 보면 어린 시절 환경, 학창 시절, 대학 시절 등 대화를 통해 대강 윤곽이 드러나기 마련이다.

불패의 리액션을
연습하라

나이 들수록 자신의 유머 감각이나 센스에 자신이 없어진다. 따라서 다른 사람을 웃길 수 있는 사람이라는 사실은 중요하다. 대체로 이 역할은 남자가 맡게 되며 자연스레 웃는 역할은 여자의 몫이다. 어색한 웃음 대신 양쪽 눈에 주름이 가득 잡히도록 활짝 웃자. 오버는 금물이다. 허리가 꺾일 듯 자지러지게 웃는 건 젊은이들에게 맡겨두고, 웃음소리에 신경 써라.

"여자의 웃음소리를 들으면 그 여자가 잠자리에서 어떤 소리를 낼지 상상이 되거든요."
주변 연식남의 예리한 지적이다. 박장대소보다는 묘한 기대감을 불러일으키는 웃음소리를 미리 계발해둬야 한다는 얘기다.

여자의 세 가지 첫인상

남자가 보는 여자의 첫인상은 크게 세 가지로 나뉜다. '내 가치를 파악했으면 잔말 말고 내 비위를 맞춰' 스타일의 공주과이거나 '당신이 뭘 원하든 제가 다 맞춰드릴게요' 하는 하녀 타입이거나 그도 아니면 똑똑하고 씩씩하지만 말 한마디 잘못하면 곧장 논쟁으로 끌고가는 여성운동가 타입이거나. 소개팅 상대에 따라 이 세 가지 캐릭터로 변화무쌍하게 변신하는 달인도 있지만, 대부분의 연식녀들은 성격에 따라 이미 타입이 정해져 있다. 자기 스타일이 어떤지를 파악하는 것은 소개팅에서 장점 기술로 활용하는 데 도움이 된다.

나는 하녀 타입이다. 그것도 매우 전형적인. 이성은 물론이고 부하 직원에게도 막 대하는 게 힘든 편이고, 않느니 그냥 내가 팔 걷어붙이고 직접 해결하는 쪽을 택한다. 죽고 사는 문제가 아니라면 내 스타일을 고집하기보다는 상대에게 맞춰주려 한다. 그 대신 내 헌신에 대한 칭찬과 인정을 원한다. 나는 그의 어머니가 아닌 만큼 내 노력에 대한 보상은 받아야한다고 생각한다.

대부분의 연식남이 하녀 타입의 여성을 좋아하지만, 가끔 뜨악해하는 상황은 바로 이 '보상 심리'를 마주할 때다. 자기가 좋아서 스스로 헌신하는 줄 알았더니 한순간 폭발하면서 본성을 드러낸다고 생각하는 것이다. 하지만 당황하지 말자. 하녀 타입의 연식녀가 원하는 것은 아주 사소하고 오글거리는 칭찬 한마디이니까. 감동스러운 헌신의 순간마다 한마디 해주면 된다. 하녀 타입은 거의 모든 타입의 연식남과 무난하게 어울리는데 특히 가부장적인 연식남에게 치명적인 캐릭터다.

공주 타입은 소위 말하는 '여우' 캐릭터로, 20대나 30대 초반에는 이런 스타일의 여자들이 연애계를 지배한다. 대부분 외모가 우월하지만 딱히 예쁘지 않아도 남자를 비롯해 모든 주변 상황을 자기 위주로 돌아가게 하는 재주가 있다. 자부심과 자기애가 강하고 자신에 대한 애정이나 관심을 당연하게 받아들인다. 상황에 따라 외모, 성격을 자유자재로 바꿔 남자들의 사냥 본능과 호기심을 가장 잘 자극하는 캐릭터다. 남자들은 젊은 시절에 이런 스타일의 여성을 동경했거나 사귄 경험이 있다. 남자 쪽에서 맞춰주는 연애를 피곤해하면서도, 여전히 이런 타입에 끌리는 연식남이 상당수다.

당신이 공주 타입이라면 첫 만남에서는 지금껏 해오던 공주 스타일을 고수해 보여주고, 두 번째 데이트에서는 배려심이 강한 모습이나 독립적인 커리어 우먼의 모습을 보여줘라. 반전 매력은 상대가 호감을 느낄 때 배가되는 법이다.

마지막으로 여성운동가 타입. 이 타입은 연식 연애계에서 아무래도 가장 피곤한 타입으로 분류된다. 연식남도 독립적이고 위트 있는 여성 리더를 좋아한다. 하지만 데이트 상대로는 아니다.

두 번째 데이트는 앞으로 어떤 연애 생활을 이어갈지 판단하는 장이다. 연식남의 꼬장꼬장한 가치관이 마음에 안 들어도, 나와 맞고 안 맞고를 따지면 될 뿐 사고방식을 고쳐놓겠다고 팔 걷어붙이고 나설 필요는 없다. 나이 든 남자는 논쟁하기 좋아한다지만, 그건 자신이 싸움을 걸 때 얘기이지 싸움을 걸어오는 사람, 특히 상대가 여자인 경우는 끔찍이 싫어한다. 기분 나쁜 상황을 무턱대고 참으라는 얘기가 아니다.

다음과 같은 점을 고려하자.

첫째, 상대의 보수적 사고방식이 마음에 안 들어도 그 점이 앞으로의 데이트나 연애에 그다지 영향을 주지 않을 수도 있다.

둘째, 몇 번 만난 여자가 아무리 천하에 맞는 말씀만 한다 해도 곧이들을 연식남은 없다. 그가 확실하게 당신 남자가 되면 그때 제대로 한 수 가르쳐줘라.

셋째, 당신이 소개팅한 남자와 논쟁을 벌였다는 얘기를 듣고 달가워할 주선자는 없다. 어떤 주선자도 '싸움닭'을 위해 다음 소개팅을 준비하지 않는다.

결국 첫 만남의 첫인상을 바꿀 수는 없다. 모든 대화와 행동은 그 연장선상에서 이뤄지게 된다. 그러니 상대에게 당신의 어떤 점이 마음에 들어 데이트를 신청했는지 우회적으로 확인해본다. 그리고 상대가 긍정적으로 생각하는 면을 강화하는 정보를 추가로 전달하기만 하면 된다.

Lesson 11
고집쟁이 남자와
겁쟁이 여자의 연애

외로움도 내성이 생긴다. 일정 시간이 지나면 더 이상 외롭지 않게 된다. 내가 그랬다. 연애를 꾸준히 하던 여자 친구 H가 어느 날 한밤중에 전화를 걸어 "나 너무 외로워. 특히 몸이 너무 외로워서 잠이 오지 않아…" 했을 때 나는 이해할 수 없었다. "외로우면 텔레비전을 보거나 청소를 해."라고 잘라 말하고 전화를 끊었다. 외로움이 이성에 대한 연애 감정으로 상쇄될 수 있다는 사실을 망각할 만큼 싱글 생활이 길었던 때였다. 연애를 위한 활동을 전혀 하지 않는 연식 인들에게 그 이유를 물으면 다들 '외롭지 않아서'라고 한다. 어떻게 해야 그들을 연애하는 자로 만들 수 있을까?

언젠가 술집에서 옆자리 연식남 둘이 하는 얘기를 엿듣게 되었다.
꼬인 혀로 한 사람이 말했다.
"그러니까 너한테 헌신적인 여자를 만나!"
그러자 더 혀가 꼬인 남자가 말했다.
"나한테 그럴 여자가 어디 있어?"

당신이 가시는 날까지도 혼자이던 맏손녀를
늘 안타까워하시던 할아버지께 여쭌 적이 있다.
"제가 어떤 사람을 만나길 바라세요?"
"네 말을 잘 듣는 사람을 만나거라.
네 말만 잘 들으면 자다가도 떡이 생길 테니까."
나는 웃었다.
"다른 건 또 없어요?"
"그냥 네 말을 잘 듣는 사람을 만나면 된다."

어느 날 K가 "넌 엉뚱해"라고 말했을 때 나는
1미터 위로 몸이 붕 떠오르는 기분이 들었다.
"그 말이 그렇게 기분 좋아?"
"응."
"엉뚱하다는 말이 왜?"
"내게서 새로운 점을 발견하고 있다는 뜻이잖아요!"

"아까는 왜 그랬던 거야? 갑자기 큰 소리로 윽박지르면
나는 가슴이 심하게 두근거린다고. 이런 일이 종종 생긴다면
당신 곁에 가까이 있는 게 두려워질지도 모르겠어."

따분하고 게으른
그를 꼬시는 법

마흔이 넘었는데 결혼을 안 한 남자는 특별히 불편한 게 없는 경우가 많다. 수입은 많고, 일에 비전도 있고, 따르는 여자는 많고, 간단한 요리 정도는 곧잘 하고, 멋진 싱글 하우스에 사는 남자가 굳이 여자에게(그것도 연식녀에게!) 목줄을 쥐어주는 모험을 할 이유가 없다는 얘기다. 여자는 이미 충분히 겪어봤으며, 없어도 괜찮은 존재일 뿐이다.

당근으로 길들이기 ● 이런 남자를 공략하는 방법은 '무조건 잘해주는 것'이다. 잘해주다 못해 아예 나 외에는 세상 누구도 그만큼 해주지 못한다 할 만큼 응석받이로 만들어야 한다. 한동안 왕처럼 떠받들어주고, 밥도 지어주고, 청소도 해주고, 잠자리도 원하는 만큼 같이해줘라. 멍청이처럼 굴어도 존경의 눈빛으로 쳐다봐주고, 그가 원하는 대로 결정하게 내버려둬라. 칭찬을 아끼지 말고, 그를 위해 선물을 사거나 돈을 쓰는 데도 인색하지 말자. 한마디로 남자의 판타지에만 존재했던 '세상에 없는 완벽한 여자'가 현실에 존재할 수 있음을 증명해 보이려 애써라. 시간이 흐를수록 그는 지금껏 없어도 된다고 여긴 여자가 실은 얼마나 좋고 편안한 존재인지 깨달을 것이다. 물론 그 사실을 당신에게는 철저히 숨길 테지만.

K를 만난 지 8개월이 되어갈 즈음, 나는 부모님, 동생과 여행을 했다. 낯선 여행지에서 두 분의 대화법, 태도를 지켜보면서 특이한 사실을 발견했다. 아버지에게서 K의 모습을 발견한 것이다. 아버지는 매사에 '귀찮다'는 말을 달고 사셨고, 뭐든 하지 않으려고 하셨다. 간단한 일도 주변 사람들을 부려서 해결하고, 당신이 잘못을 해도 인정하지 않으셨다. 그런데 어머니의 독특한 조련법이 눈에 들어왔다. 어머니는 아버지가 뭔가를 해달라거나 갖다 달라고 하시면 작은 요구 사항은 들어주었다. 하지만 아버지가 꼭 해줬으면 하는 일에 대해서는 "당신이 나를 위해 은행에 가서 그 일을 처리해주면 굉장히 좋을 것 같은데"라는 식으로 말씀하셨고, 잠시 머뭇거리던 아버지는 엄청 생색을 내며 그 일을 하셨다. 그러면 어머니는 어마어마하게 칭찬 세례를 하셨다. 아버지의 으쓱거리는 어깨는 멀리서도 보일 정도였다.

여행 중 의견 충돌이 생기면 어머니는 일단 무조건 (나나 동생이 아닌) 아버지 편을 드셨다. 아버지께 어머니가 아군이라는 사실을 확인시킨 뒤 우리 의견을 재차 확인해서 아버지가 귀담아 듣게 만들고, 여전히 어머니는 아버지와 생각이 같다고 우리에게 각인시키셨다. 모두가 어머니 말에 귀 기울일 때, 이견 간의 타협점을 조용히 제안하는 것으로 모든 분쟁을 해결하셨다.

나는 K에게 어머니의 방법을 사용하고 있으며 결과는 긍정적이다. 작은 요구나 심부름은 힘겨루기를 하지 않고 흔쾌히 들어준다. 만약 좀 더 힘든 일을 요구할 때에는 피할 수 없는 이유(낮에 다친 손가락 때문에 또는 생리 중이라서 등등)를 들며 그에게 함께 해결하면 좋겠다고 말한다. 그가 한쪽 엉덩이라도 들어 올리는 시늉을 할라치면 폭풍 칭찬을 해주고 진심 어린 감사 표현을 잊지 않는다. 그가 누군가를 험담할 때는 일단 무조건 그의 편이 되어 그들을 기꺼이 나의 적으로 삼아 신랄하게 헐뜯는다.

이런 연인을 경험한 사람이라면 다른 여자를 만날 수 없게 된다. 한마디로 '중독'되는 것이다. 언젠가 술집에서 옆자리 연식남 둘이 하는 얘기를 엿듣게 되었다. 꼬인 혀로 한 사람이 말했다.
"그러니까 너한테 헌신적인 여자를 만나!"
그러자 더 혀가 꼬인 남자가 말했다.
"나한테 그럴 여자가 어디 있어?"
그래서 당신이 보여줘야 한다. "저, 여기 있어요!"라고!

당근을 퍼주는 작전에는 부작용이 있다. 무턱대고 잘해주는 여자를 부담스러워하거나 무서워하는 남자들이 있다는 것이다. 이럴 때는 남자가 철저히 '기브 앤드 테이크'의 동물이라는 점을 이용한다. 그들에게는 연인으로부터 챙김을 받는 데도 그 이유가 필요하다. 칭찬이 필요한 것은 이 때문이다. (사실이 아닐지라도!) 남자에게 "당신은 잘생기고, 마음씨가 착하고, 섹스에 뛰어나고, 재미있는 사람"이라는 말을 계속 들려줘야 한다. 그러면 남자는 의심 없이 여자의 호의와 헌신을 받아들인다. 참 쉽다.

현명한 여자, 상냥한 여자 ● 왜 나 같은 연식녀를 만나냐고 K에게 물었다. "당신은 세상을 더 잘 알고 이해하니까." 연식남은 알아차릴 것이다. 전에 만난 여자와는 다른 매력이 당신에게 있는데 그게 바로 현명함이라는 걸. 하지만 당신의 남다른 문제 해결 능력이나 똑똑함을 티 내고 매번 인정받으려 해서는 안 된다. 남자가 난관에 봉착했을 때 한 발짝 물러서서 당신이 제안하는 해결책으로 다가가도록 유도하면 된다. 쓸 만한 연식남이라면 그 훌륭한 해법이 여자의 지혜에서 나왔음을 뒤늦게라도 깨닫고 고마워할 것이다.

남자는 미인에게 약하다. 그러나 상냥한 여성과 더 많은 시간을 보낸다. 연식녀에 대해 '드센 여자'라는 편견이 있는데 당신이 그렇지 않다는 걸 보여주면 된다. 방법은 간단하다. 잘 들어주고 잘 웃어주면 된다. 가식이라고 욕해도 할 수 없다. 연식녀의 수많은 장점을 보여주기 위해서는 첫 번째 관문을 통과해야 하고 상냥함은 그 문을 통과하는 중요한 열쇠이기 때문이다.

책『그는 왜 전화하지 않았을까?』에 따르면, 남자가 첫 만남에서 가장 꺼리는 여성의 유형이 '보스 레이디'라고 한다. 팔짱 끼고 앉아서 이것저것 지적질하고, 결국 자신이 원하는 데이트가 되도록 주도적으로 이끄는 여자. 남자에게 이런 여자는 회사 상사와 별반 다르지 않다. 문제는 연식녀 중에는 자기도 모르게 데이트를 '주도'하려는 사람이 많다는 것이다. 연식남은 적어도 첫 만남의 주도권은 자신이 쥐어야 한다고 믿는다. 데이트가 재앙으로 치닫더라도 그냥 관망하라. '지적인' 이미지는 허용되지만 '지적하는' 이미지는 절대 금물이다. 남자는 들어줘야 하는 상대보다 들어주는 상대를 더 만나고 싶어 한다.

초반에 그의 실수를 유도하라 ● 연식녀의 장점은 '관용'이다. 어린 여자들에게는 없는 넓은 아량과 지혜를 그에게 증명해 보여야 한다. 관용은 갈등 상황에서 도드라지는 것이어서, 연애 초반에는 이 장점을 발휘할 기회가 흔하지 않다. 그러니 연애 초반 데이트에서 그가 실수하려 할 때 그대로 둬라. 예를 들어 데이트 장소로 그가 정한 레스토랑이 일주일 전에 예약하지 않으면 들어갈 수 없는 곳이라는 걸 알아도 귀띔하지 마라. 그리고 데이트 당일, 그가 사실을 알고 당신 앞에서 레스토랑 직원에게 화를 내더라도 즉각 반응하지 말고 상냥한 태도로 일관하라. 그를 다독이고 불쾌한 상황에 대해 스스로 진정하게 하는 것이다. 당신은 갈팡질팡하지 않았고 그렇다고 그에게 끌려다니지도 않았다. 남자는 화를 낸 데 대한 미안함을 느낄 것이며, 사태에 의연하게 대처하는 당신의 모습

(어린 여자에게는 없는!)에서 매력을 느낄 것이다.

직접적이되 상냥하게 말하라 ● 여자와 대화하는 법을 모르는 연식남들이 있다. 그들은 여자가 발산하는 수만 가지 몸짓과 암시, 힌트를 도무지 읽을 줄 모른다. 이런 남자들에게는 돌직구식 의사소통이 최고다. 에둘러 말하지 말고 은유법도 쓰지 말고 그냥 얘기하라. 하지만 여기에 중요한 함정이 있다. 솔직하게 말하되 귀엽고 상냥하게 말해야 한다는 것. 남자들은 같은 이야기라도 여자가 상냥하게 얘기하면 본능적으로 귀를 기울인다. 눈을 마주치고 고개를 적당히 위아래로 움직이면서 천천히 중간 톤으로 이야기하라.

성적 매력을 활용하라 ● 남자는 역시 섹시한 여자에게 끌리지만, 난공불락의 요새처럼 열리지 않을 상대에게 무리하지는 않는다. 지나치게 노출하거나 가벼운 스킨십을 쉽게 허락하라는 게 아니다. 앞으로 그를 위해 성적 매력을 발산할 기회가 있음을 넌지시 암시만 하면 된다. 그의 눈길을 피하지 않고 5초 이상 그윽하게 바라보다가 깊은 숨을 들이쉬어보라. 대화가 흥미진진할 때 상체를 곧추세우고 그를 향해 약간 기울여보라. 나란히 걸을 때 몸통이 정면이 아니라 상대 쪽으로 5도 정도 기울게하고, 옷깃이 자연스럽게 스치게 밀착해서 걸어라. 이 모든 게 어렵다면두 가지만 명심하면 된다. 허리를 반듯이 펴고 많이 웃으라는 것.

자신감은 없지만
현명한 그녀 사로잡기

친밀감에 대한 두려움을 해소시켜라 ● 연식녀는 연애 경험의 많고 적음을 떠나 인간관계와 관련된 상처가 있다. 외로움에 치를 떨면서도 누구와 가까워지는 것을 두려워한다. 이런 두려움은 상대방이 무관심할 때보다 약간의 관심을 주고받는 관계에서 극대화된다. 따라서 연식녀에게 호감이 있다면 데이트 초반에 적극적으로 표현해야 한다. '당신이 마음에 들고, 당분간은 다른 여자를 소개받을 생각이 없다'는 깃을 확실히 해두는 게 좋다. 남자는 이제 겨우 '문턱'을 넘었다고 생각할 때 여자는 이미 '대문'을 활짝 열 준비를 하고 있기 때문이다. 마음을 연 여자는 그때부터 불안해진다. 그러니 그녀를 안심시켜라.

여자는 착각의 동물이다 ● 흔히 착각은 남자들의 전유물이라고 생각하지만 여자들이 훨씬 더 많이 착각한다. 다만 여자들은 마음을 숨기는 데 능숙하기 때문에 겉으로 드러나지 않을 뿐이다. 연식녀들은 외모 경쟁력에서 떨어지지만 '현모양처감'이라든가 '알뜰한 살림꾼'처럼 눈에 잘 보이지 않는 매력으로 경쟁력이 있다고 생각한다. 그리고 진정 현명한 남자라면 이 매력을 알아챌 것이라 기대한다. 연식녀의 호감을 사고 싶은가? 그렇다면 외모보다는 쉽게 보이지 않는 매력을 높이 사는 남자로 어필하면 된다. 여자의 사회적 능력, 경제력, 요리 실력 등을 언급하고 이런 능력의 가치를 높이 사는 사람임을 어필하라. 순식간에 여자의 자신감이 올라가고, 그만큼 당신의 매력도도 높아질 것이다.

그녀의 성적 매력을 칭찬하라　●　당신이 그녀를 만나는 것은 그녀에게 성적 매력을 느끼기 때문이다. 그 사실을 그녀에게 표현하라. 성적 매력은 외모적인 매력으로 해석되기 마련이고, 상대적으로 외모에 자신 없는 연식녀는 당신의 말을 대단한 칭찬으로 받아들일 것이다. 몸매의 단점(불룩한 아랫배와 탄력 없는 위팔)보다는 장점(부드러운 살결, 풍만한 가슴)을 집중적으로 칭찬해줘라.

걸 그룹 이외의 여자는 언급 금지　●　알고 있다. 거리에서 식당에서 당신 눈이 돌아간다는 걸. 하지만 눈에 보이는 다른 여자를 칭찬하지 마라. 그게 이웃집 할머니일지라도. 연식녀는 괜찮은 이 남자를 누군가 채 갈지도 모른다는 공포에 휩싸여 있으니, 입을 다무는 걸로 그녀의 마음이라도 편하게 하자.

1% 변화의 힘　●　연식녀는 자신으로 인해 남자가 더 나은 존재가 되는 것을 이상적인 사랑의 모습이라고 믿는다. 하지만 사람은 쉽게 변하지

않는다. 아집과 자만으로 똘똘 뭉친 연식남이라면 더더욱 그렇다. 그녀를 만난 뒤 당신이 조금이라도 변한 모습(긍정적이든 부정적인 변화든)이 있다고 느낀다면 그 점을 한 번쯤 언급하고 그 원인을 그녀에게 돌려라. '남세스러운 짓은 절대 못한다'던 진짜 사나이 K가 거리에서 먼저 손을 잡으며 "나 이런 거 진짜 싫어하는데…"라고 했을 때 몸이 공중으로 붕 떠오르는 기분이었다. 여자는 자신이 한 사람에게 영향을 미치고 있다는 것에 대단한 의미를 부여하고 스스로 행복해하는 존재다.

Lesson 12
오래된 사람들의
사랑은 문자를 타고

"그 나이 먹을 때까지 왜 아직 혼자겠어, 다 이유가 있는 거야…"
K를 소개받았을 때 내 생각도 별반 다르지 않았다. 치명적 단점, 그걸 첫 만남에서 '캐치'함으로써 시간 낭비는 절대 하지 않겠다는 의지를 불태웠으니까. 하지만 서너 차례 만날 때까지 딱히 거슬리는 단점이 없었다. 이상한 점은 있었다. 첫날을 제외하고 그는 늘 약속에 늦었다. 하지만 당시 회사를 관두고 시간이 남아돌던 나는 그 점을 그리 문제 삼지 않았다.
만난 지 5개월이 지날 때쯤 알았다. K의 치명적인 단점이 연식남 특유의 '귀차니즘'과 '게으름'이라는 것을. 그는 늘 늦고, 뭘 하자고 계획하는 일도 거의 없다. 모처럼 세운 계획도 그저 한마디로 허망하게 무산시키고도 미안한 기색이 없다. 이유는 한가지다. 그냥 '귀찮다'는 것.

부모도 못 말리는
잠수병과 연락욕

연식 남녀 최초의 갈등은 남자의 귀차니즘과 여자의 의욕이 충돌할 때 발생한다. 한마디로 남자가 '그냥 귀찮아서' 연락을 하지 않고, 여자는 연락하는 성의야말로 연애의 기본이라고 생각할 때 옥신각신 다투게 된다. 문제는 남자는 나이가 들수록 (체력적으로 힘들고 감각이 무뎌져서) 더 귀찮아하고, 여자는 나이가 들수록 (남은 선택지가 별로 없고, 다른 여자가 이 남자를 채 갈지도 모른나는 위기감에) 더 집착한다는 데 있다.

물론 정말 좋은 남자라면 여자의 연락욕을 존중할 것이다. 어떻게든 재깍재깍 대답하고, 마지막으로 문자 보내는 게 자신이라고 해도 불만을 갖지 않을 것이다. 하지만 우리는 좋은 남자가 아니라 연식 남자를 대하고 있다. 그들은 무심병과 잠수병 때문에 그간 수많은 연애에서 실패하고도 사태의 심각성을 모르고 있다.

용기를 내요,
이모티콘이 있으니까

문자와 전화 통화만 하던 시절, 연애 전문가들은 문자로만 의사소통하는 상대는 '아닌' 것으로 간주했다. 비겁하고 소심한 사람이며, 문자로 이별을 통보하는 사람은 천하의 죽일 놈이라는 비난이 살벌하게 오갔다. 하지만 지금 연식 남녀에게는 채팅 메신저가 있다. 실제 연애 커뮤니케이션의 80% 이상이 이 공간에서 이뤄진다. 결론적으로 말해 카카오톡은 연식 남녀의 구세주다. 바로 '이모티콘' 때문이다. 이모티콘은 감정Emotion을 대신하는 아이콘Icon이다. 즉, 건조할 수밖에 없는 문자의 세상에 유머와 애정 표현이라는 감정을 불어넣는 고마운 존재다.

여자는 본능적으로 또는 학습에 의해, '연락받기 위한' 연애 전략을 구사한다. 나 역시 연락이 K와 나의 관계를 결정짓는 것이라 믿었다. 하지만 그는 문장 길이, 연락하는 이유의 경중을 따지거나 안달하지 않는 의연한 남자다. '썸' 타던 연애 초기, 그는 무려(!) 24시간 이상 내 카톡 문자에 숫자 1이 상주하게 놔두거나 이틀 동안 연락하지 않은 적도 있다. 예전의 나였으면 '뭐가 아쉬워서~'라며 당장 대화방을 나온 뒤 그의 연락처를 지워 버렸을 것이다. 하지만 나는 계속 그 방에 머물렀다. 이유는 바로 그가 며칠 전 말머리에 붙여 보낸 빨간색 '하트' 몇 개, 고놈들 때문이었다.

이모티콘은 '문자는 주고받는 것이며, 상대방의 문자 길이에 비례해 내 문자의 양을 조절해야 한다'와 같은 문자 메시지의 셈법을 무의미하게 만들었다. 상대가 문자를 얼마나 길게 자주 보내느냐와 상관없이 적재적소에 띄워 보내는 이모티콘 하나가 섭섭한 마음을 한순간에 누그러뜨리는 것이다. 100여 개에 불과한(연식 남녀는 굳이 돈을 주고 이모티콘을 구매하지 않는다는 점을 감안할 때) 이모티콘으로 복잡다단한 연애 감정을 다 담아낼 수 있다는 것이 놀랍다! 게다가 연애 급물살을 타게 되면 사용하는 이모티콘의 범주와 개수가 더 늘어난다.

이모티콘에 부여하는 감정은 실제보다 더 크게 또는 더 작게 받아들여질 수 있다는 점에서 매력이다. 상대가 오버해서 받아들이면 '뭐 그 정도 의미는 아니었다'고 슬쩍 발을 빼도 문제가 되지 않는다. 40대 초반의 연식남이 엉덩이를 씰룩거리며 귀염 떠는 이모티콘을 보낸다고 해도, 서른아홉 살 여자가 요정 아이콘에 자신을 빙의한다 해도 문제 삼지 않는다. 게다가 재미없는 연식 남녀가 본색을 숨기기에 이모티콘들이 얼마나 재치 있고 유머러스한지!

그렇다고 사랑에 빠진 20대 젊은이들이 하듯이 내용 없이 가벼운 말장난을 하라는 얘기는 아니다. 카카오톡 대화를 통해 더 깊은 관계로 진입해야 하는 만큼, 모든 대화에 기승전결이 있게 대화의 큰 틀을 미리 짜두고 시작하는 것도 좋다. 애정 표현이란 나이의 많고 적음을 떠나 유치할 수밖에 없는데, 이때 세련된 표현으로 포장하거나 정색하듯 진지한 표현을 더하는 것을 권장한다.

무엇보다 한 번 이상 문맥을 검토해서 전송하는 신중함이 필요하다. 상대가 직전에 사용한 단어나 문맥을 재활용해 돌려주거나, 행간을 파악해 점쟁이처럼 상대의 심리 상태를 읽어 내려는 노력은 의외로 상대방에게 감동을 준다. 그리고 맞춤법이 틀린 메시지를 보내는 무안한 상황도 방지할 수 있다. 우리말을 제대로 쓰는 것은 참으로 당연한 일이고, 이는 곧 그 사람의 지적 수준을 가늠할 수 있는 바로미터다. 앞에서는 근엄한 척 굴던 연식남의 메시지에서 오타가 아닌, 수준 이하로 맞춤법 표기가 잘못된 글자를 발견하는 것만큼 '안' 매력적인 상황도 없다.

지금껏 감정 표현에 서툴러서, 글 쓰는 재주가 없어서 제대로 된 연애를 못했다고? 그렇다면 이제 껍질을 깨고 나와 용기를 내볼 때다. 우리에게는 이모티콘이라는 훌륭한 조력자가 있다.

"사랑이란 건 혼자가 되는 방법을 모르는
사람들을 위한 탈출구라고 생각해."

- 〈비포 선라이즈〉(1995)

기다려지는
문자는 따로 있다

"그깟 메신저 읽고 답하는 데 몇 초나 걸린다고, 그걸 못 해주냐?"고 몰 아붙이지 말자. 연식남(연식이 오래된 사람일수록 더더욱!)의 상당수가 메신저 대화를 부담스러워한다. 대화가 길어지는 게 두려워 아예 메시지를 확인하지 않는 경우도 많고, 일하는 동안은 일부러 알림 기능을 꺼놓는 사람도 많다. 문제는 연식남들이 그런 자신의 특성을 사전에 설명하고 양해를 구하지 않는다는 데 있다. 이런 경우 당신의 연인을 길들이려 하지 말고 이해시켜라.

"일할 때는 메신저를 거의 확인하지 않아. 한창 집중해서 일하다가 메신저를 확인하면 집중력이 흩어지잖아. 그러니 이해해줘. 메시지를 보내는데 몇 초면 된다는 걸 알지만, 일이 안 끝나면 야근해야 하거든."

이 정도면 그녀 마음도 편안해질 것이다.

메신저 대화에서 연식남이 초조해하면 연식녀는 좋아한다. 그녀의 답이 즉시 오지 않을 때 몇 분도 안 지나서 '왜 아무 대답이 없는 거야?'라고 보내보라. 여자들은 남자가 질투와 초조함을 표현할 때 행복해한다. 일주일에 한두 번 해보기를 권한다.

메신저의 팝업을 보고 메시지를 확인했음에도 마치 아예 읽지 않은 것처럼 '쌩까는' 이들이 있다. 소위 말하는 '숫자 1의 딜레마'인데 이 경우 구사할 기술이 있다. 문장을 짧게 끊어서 메시지 여러 개에 걸쳐 나눠 보낸 뒤 마지막에 꼭 '알겠지?' 또는 '보고서 알려줘'라고 보내는 것이다. 상대는 이 마지막 문장을 보게 되는데, 그러면 앞 내용이 궁금해서 메시지를 확인할 수밖에 없다.

우리 이렇게도
대화할 수 있어요

메신저로 사진 파일이 도착했다! 클릭하고 열릴 때까지 마음이 두근거린다. K의 점심 메뉴 사진. 식당 밥 사진 한 장 덜렁 찍어 보내고는 가타부타 말 한마디 없다. 하지만 나는 '늦은 점심으로 돌솥삼계탕을 먹으러 왔어. 기운 내서 일하려고'라는 마음을 읽어 낸다. 그리고 기분이 좋아진다.

사진이나 동영상 메시지의 매력은 그것에 들인 수고에 있다. 그냥 텍스트로 보내도 될 걸 굳이 카메라를 열고 앵글을 생각해서 찍고, 파일을 찾아 업로드해 보내는 그 정성이 갸륵하다. 사진이나 동영상을 공유하는 건 서로의 일상을 좀 더 솔직하게 개방하겠다는 제스처이기도 한 만큼 연애 관계에서는 좋다. 가끔 19금까지는 아니고 15금 정도로, 은밀하게 상상력을 자극시키는 데도 멀티미디어 메시지가 유용하다. 관계가 무료해졌거나 상대의 무심함에 일침을 가하고 싶을 때, 자극적인 사진 한 장을 보내 보라. 그 순간 주변의 모든 여자에 대한 관심은 사라지고, 그는 오직 당신과 함께 보낼 시간을 그리며 퇴근 시간만을 기다릴 것이다.

Lesson 13
밀당은 트릭이 아닌
자기 조절이다

흔히 '밀당한다'고 할 때 연애 젬병들이 무턱대고 욕하는 이유는, 그것이 상대를 '가지고 노는 트릭이라고 오해하기 때문이다. 밀당은 자기 조절이다. 상대는 그 자리에 있고 내가 멀어지거나 다가가면서, 감정과 태도를 스스로 조절할 수 있느냐의 문제인 것이다. 그래서 밀당은 어렵다. 누군가를 좋아하면 넘쳐나는 감정을 어찌하지 못하는 바보가 되니까. 세상 좀 살아봤다는 연식인들도 그 마음만큼은 어쩔 수 없다.

애쓰지 않아도
밀어내기가 쉬워

지금까지 연애 시장에 남아 있는 연식인이라면 밀당의 고수는 아닐 것이다. 그렇다고 풀 죽을 필요는 없다. 연식 연애의 밀당은 20대, 30대 초반 때와는 차원이 전혀 다르다. 저학년 때 공부를 못했다고 해서, 고학년 때도 낙제하라는 법은 없지 않은가.

K는 밀당을 할 줄 모르는 남자다. 그런데 지금껏 만난 상대 중, 연애 초반에 나를 가장 애끓게 한 이가 바로 이 남자다. 도대체 그 비결이 뭘까? '밀'은 흔히들 밀어내는 것이라 생각하지만 그보다는 다가가지 않는 것, 즉 상대방을 향한 마음을 절제하는 것이고, '당'은 상대를 내 쪽으로 끌어당기는 것이 아니라 내가 다가가는 것이다.

연애 초반, 카톡으로 K와 신나게 대화하는데 갑자기 그의 말이 끊겼다. 대화 창을 스크롤해가며 나눈 대화를 다시 읽고, 내가 무슨 말실수를 했나, 눈치 없이 그의 말을 무시한 건 아닌지 수없이 분석했다. 온갖 생각에 거의 뜬눈으로 밤을 새우고 다음 날 아침 11시, 그의 메시지가 도착했다. "어제는 너무 피곤해서 카톡 메시지를 보내다가 잠이 들었어요…." 이런 일은 그 후에도 자주 생겼다. 너무 피곤해서 '그냥' 연락을 안 하거나 문자로 일일이 설명하기에 너무 복잡한 이야기라 '그냥' 안 하고 말고, 선물 고르는 게 힘들고 귀찮아 '그냥' 넘어가고, 사과 멘트 구상하는 게 머리 아파서 '그냥' 잠자코 있는 일 말이다. 체력이 달리고 피곤하고 귀찮고, 상대의 마음이 어떨지 생각하지도 않고 '그냥' 안 하는 것이다. 이런 저질 체력과 귀차니즘은 자연스럽게 연식인의 밀당 기술이 된다.

참 좋은 시절에는 감정이 연애를 지배하지만 이제는 체력이 연애를 지배한다. 예전에는 덜 사랑하는 쪽이 '갑'이었지만 연식 연애에서는 더 허약하거나 더 게으른 사람이 '갑'이다.

만약 당신이 연식인과 '썸'을 타고 있는데 그가 밀당의 고수 같아서 지레 나가떨어질 것 같다면 조금만 더 시간을 두고 보라. 상대의 비밀, 즉 저질 체력과 귀차니즘을 파악하고 나면 만만해 보일 테니까. 사실 밀당은 연애 초반에나 하는 것일 뿐, 연애가 궤도에 오르면 참으로 쓸데없는 기술이다. 그러니 두려워 말자. 어리거나 늙었거나 연식에 상관없이 밀당을 이기는 방법이 있다. 바로 정공법, 직설 화법이다. 제아무리 늘었다 줄었다 하는 고무줄이라도 불쑥 밀고 들어오는 날카로운 칼날을 이길 수는 없는 법이다.

직설 화법에서 주의할 것이 있다. 사람은 기분이 상하면 '기분 나쁘다'는 생각 자체에 집중해 더 이상 다른 말은 들리지 않는다. 솔직하되 상대의 기분에 거슬리게 해서는 안 된다. 이를 위해서는 상당한 기술이 필요하다.

첫째, 따지듯 말하지 말고, 둘째, 기분 좋은 진심을 먼저 말하고, 그다음에 상황을 따진다.

예를 들어 "어젯밤에는 왜 전화 안 했어요?"가 아니라 "어젯밤에 갑자기 목소리가 너무 듣고 싶었는데 연락이 없어서 서운했네요. 무슨 일이 있었나요?"가 제대로 기술을 건 멘트다.

연락하고 싶어도
참아야 하는 이유

연애할 줄 모르는 연식녀가 흔히 쓰는 유일한 '당'의 기술이 연락욕이다. 연식녀는 다른(어린!) 여자가 자신의 남자를 채 갈지 모른다는 만성 위기의식에 시달린다. 그리고 집과 직장만 오가는 모범적 라이프스타일 때문에 혼자 있는 시간이 많아 상상할 수 없을 만큼 연락욕이 강하다. 전화벨 소리가 환청으로 들리고, TV 리모컨 버튼을 누를 때마다 깜빡이는 노란빛을 카카오톡의 노란색으로 착각하기도 한다. 휴대전화를 노려보다 못해 눈에 피가 날 지경이고, TV 드라마는 온통 앞뒤 안 가리고 유혹하는 발정녀가 득시글대니 보기도 힘들다. 이렇게 질투심에 사로잡힌 연식녀와 신경쇠약증 환자는 종이 한 장 차이다.

최고의 조언은 초조함이 극에 달할 때에는 절대 연락하지 말라는 것이다. 사실 그때가 가장 힘든 순간이다. 가만히 있으면 더 힘들다. 그럴 때에는 몸을 움직여서 생각을 쪼개거나 다른 곳으로 마음을 돌려야 한다. 나는 수없이 많은 연락 욕구를 한강 변 달리기, 설거지, 욕실 청소,

빨래하기 등으로 치환했다.

연락 안 하고 내버려뒀다가 다른 사람이 채 가면 어떡하냐고? 만약 상대가 연식남이라면 좀 덜 초조해도 괜찮다. 그가 연애 시장에 남아 있었다는 건 지금껏 다른 여자들의 관심을 끌지 못했다는 증거이니 말이다. 연식인 중에는 뒤늦게 찾아온 연애에 감격한 나머지 스스로 눈에 콩깍지를 씌우는 이들이 적지 않다. 열에 아홉은 고개를 갸웃거리게 하는 외모나 조건의 연애 상대를 세상에서 가장 매력적인 남자로 여긴다.

진실을 하나 말해줄까? 남이 채 갈까 봐 전전긍긍하는 당신의 연식인은 다른 사람들에게는 아무 매력이 없다. 정말이다! 당신이 연락욕을 버리지 않는다면 그 사람의 주변 여자들이 당신의 연인을 새삼 다시 보고 매력이 무엇인지 생각하게 만드는 화를 자초할 수 있다. 그래도 좋은가?

다행히 연식남은 체력적으로 힘들고 귀찮아서 지금 곁에 있는 여자를 챙기기도 버거워한다. 저질 체력과 귀차니즘에도 불구하고 당신과 여기까지 왔는데, 다른 상대를 만나 처음부터 다시 시작한다? 이는 망설여지는 일이다.

그와 그녀를
끌어당기는 기술

'당' 기술 중에 이성을 이용해 질투심을 유발하는 작전은 하수들이나 하는 짓이다. 특히 매사가 귀찮은 연식남이나 질투심으로 충만한 연식녀에게 그런 기술을 썼다가는 연애계 바깥으로 내쳐지기 딱 좋다. 라이벌을 제거하기 위해 팔 걷어붙이는 일은 피 끓는 20대에나 하는 짓이지, 내 한 몸이 소중한 연식인은 조용히 떠나고 말 것이다.

연식인에게 권하는 '당'의 기술은 지금 있는 자리에서 자신을 업그레이드하는 것이다. 이 나이에는 사실 업그레이드는커녕 다운그레이드되는 것이 당연하다. 외모, 체력, 성적 매력 모두 쇠잔하고, 커리어 면에서도 승진보다는 밀려날 확률이 더 높다. 아마 당신도 무의식중에 '앞으로는 이 사람의 늙어가고 쇠락하는 모습을 볼 일만 남았구나' 하는 생각이 있을 것이다. 그런데 만약 당신이 업그레이드되는 모습을 보여준다면 어떨까? 연식인을 당신 쪽으로 당기고 싶다면 세월의 힘에 굴복하지 마라. 스스로 변화하고 외모적으로 발전하는 모습을 보여주면 된다.

게으른 편이지만 남성적으로 건강한 연식남 K를 만난 뒤 나는 꾸준히 운동하고 있다. 1년 전 기록했던 최고 체중에서 12kg 감량했고, 10년 전 옷을 꺼내 입었다. 내 외모가 조금씩 업그레이드되고 있다는 사실을 알아챈 뒤 그는 더 적극적으로 다가왔다. 하지만 이 업그레이드는 K를 위한 것이 아니라 나 자신을 위한 것이다. 아랫배를 감추기 위해 펑퍼짐한 옷만 고집하던 것을 버리고, 다리가 드러나는 스커트를 주저하지 않고 입으면서 나는 변했다. 꽤 오랫동안 가라앉아 있던 자신감이 수면 위로 떠올랐고, 자존감 있는 여자가 되었다. 그리고 상대가 다가가고 싶은 여자가 되었다.

지금 막 나는 K에게 오늘 내가 운동을 얼마나 열심히 했는지를 보고했다. 저녁에 과식해서 배가 불러 죽을 지경이라던 그가 말했다.
"나도 내일은 운동도 하고 도시락도 좀 챙기고 뭔가 활력 있는 모습을 보여줄게."
순간 내 마음이 그에게 바짝 다가갔다.

Lesson 14
우리 여행 갈래요?

"여행 가자."

마침내 여행이라는 황홀한 단어가 K의 입에서 나왔을 때, 이처럼 매력적인 동사가 있을까 생각했다. 연인이 되기로 했던 순간만큼이나 기뻤다. 일찌감치 잠자리를 공유하는 연식 연인은 24시간 이상을 함께하는 일이 비일비재한데 굳이 여행을 떠나는 것이 무슨 의미냐고 묻는 사람이 있을지 모른다. 하지만 여행은 뭐니 뭐니 해도 연애에서 가장 로맨틱한 추억을 만드는 하이라이트가 된다. 그리고 한 가지 더, 자고로 인간이란 익숙하지 않은 환경에서 다른 모습을 보이는 법이니, 상대의 진실한 모습을 엿볼 수 있다.

맞출까, 안 맞출까

본래 나는 A부터 Z까지 여행의 모든 정보를 검색하고 분 단위로 계획을 짜는 스타일이었다. 소중한 여행의 단 1분이라도 낭비하는 게 아까워서다. 하지만 이번에는 달랐다. 이 연애는 지금껏 내가 계획하고 제안하는 위주로 흘러왔기에, 이 여행만은 그에게 맡기고 싶었다. 무엇보다 먼저 여행을 제안한 사람은 그가 아니던가? 그만큼 뭔가 좋은 계획이 있음에 틀림없었다. K는 처음 만났을 때부터 자신이 대단한 캠핑광이며 등산과 트레킹을 즐긴다고 얘기했다. 그래서 나는 그와의 첫 여행 기회가 쉽게 올 거라고 생각했다. 하지만 우리의 첫 여행은 만난 지 꽤 시간이 지나서야 성사되었다. 우리 관계가 어느 정도 농익어서라기보다는 모처럼 경제적, 시간적 여유가 생겨서였다.

나는 이 첫 여행이 일종의 테스트가 되리라 짐작했다. 9개월이 지났어도 여전히 그를 잘 모른다는 생각이었고, 그래서 우리가 정말 잘 맞는 사이인지 여행에서 서로를 파악할 수 있으리라 생각하니 두려웠다. 내가 모르는 그의 모습이 나를 두렵게 할까 봐, 새롭게 발견한 내 모습에 그가 실망할까 봐 내내 긴장했다.

떠나기 얼마 전, 그가 "산이 좋아, 바다가 좋아?"라고 물었을 때, 그가 예약해놓은 숙소와 내 대답이 다르면 어쩌나 걱정돼 조심스럽게 '산이 좋다'고 말했다. 얼마 전 바다가 있는 부모님 댁에 다녀왔고, 여행을 많이 다녀본 내 경험상 같은 값이면 바다보다는 산에 있는 리조트에 더 흥미로운 프로그램이 많기 때문이라는, 꽤 내 마음에 드는 답을 했다. 그런데 그의 반응은 "리조트? 흠…"이었다. 그날 나는 그가 민박이나 모텔 정도의 숙소를 생각했을 수도 있는데 괜히 리조트 얘기를 꺼냈다며 밤새 자책했다.

여행 전날 밤, 저녁을 먹은 뒤 그가 말했다.
"자, 그럼 내일 우리 어디로 갈까?"
나는 아연실색했다.
"어디로 갈지 아직 정하지 않은 거예요?"
"최근에 여행을 간 적이 없어서… 직장 동료들에게 어느 여행지가 좋을지 물었더니 의견이 많이 갈리더라고."
그가 여행 준비를 중단한 이유였다. 그는 휴가를 내고 차를 준비한 것 외에 정말 아무것도 하지 않았다.

있는 대로 감정을 담아 쏘아붙이고 싶었지만 참았다. 나는 일단 '되는 일은 되게' 하는 여자이니까. 편집장 시절, '본업은 똥 치우는 일'이고 '부업은 마감'이라고 얘기했을 정도로 나는 시시각각 다가오는 눈앞의 위기를 빠르고 효율적으로 해결하는 일에 이력이 나 있었다. 곧장 노트북을 켜고 여행지 검색에 돌입했고 다행히 두 시간 내외에 있는 괜찮은 여행지를 찾아냈는데, 그는 "네가 원하면!"이라고 성의 없이 동의했다. 이번에도 참자…. 그런데 뜻밖의 복병이 있었다. 단풍철로 접어드는 무렵이라 인터넷으로 예약 가능한 숙소가 다 만원이었다. 수많은 홈페이지를 방문하고 전화해서 실망하기를 여러 차례. 그의 뒤통수가 밉게 말했다.

"그냥 가보자. 설마 이 넓은 땅에 우리가 잘 방 하나 없겠어?"

여행의 가장 기본인 숙소를 정하지 않은 채 떠나자고 하다니 이 사람 제정신인가? 하지만 다시 한 번 넘겼다. 따질 기운도 없었거니와 워낙 오래전부터 이 여행에 거는 기대가 커서 어떻게든 가야 했다. 예상대로 이 여행이 꽤 중요한 테스트 기회가 되고, 그로 인해 우리 두 사람이 헤어질지도 모르겠다는 느낌이 더 강해졌다.

여행 첫날은 짐작대로 엉망진창이었다. 스마트폰 충전기를 챙기지 않아 목적지에 도착하기도 전에 내비게이션으로 사용하던 스마트폰 두 대가 다 방전되었고, 깜깜한 산길을 잘못 들어 헤드라이트를 켠 채 사슴과 대치하는 상황이 발생했다. 고속도로에서 그의 거친 운전 실력을 처음 경험한 나는 심장이 쫄깃해질 만큼 가슴 졸였고, 가까스로 구한 호텔 객실에는 트윈 베드가 놓여 있었다. 출발 전까지 호텔을 검색하느라 시간에 쫓겨 꾸린 여행 가방에는 운동복 빼고 입을 옷이 없었다. 더욱이 K는 몸살과 두통을 호소했다.

그! 런! 데! 도! 좋았다. 어이없는 상황이 생길 때마다 그렇게 웃길 수 없었다. 위기 상황에 부딪칠 때마다 둘이 힘을 모아 하나씩 헤쳐 나가면서 뿌듯함이 밀려왔고, 둘도 없는 동지애 같은 것이 생겼다. 처음 운전대를 잡을 때만 해도 최고조에 달했던 그의 짜증이 점점 잦아들었고, 나는 이 남자를 달래고 조련하는 방법을 속성으로 익힌 듯한 느낌이었다. 도시에서 멀어질수록 그는 점점 더 부드럽고 다정한 남자가 되었다. 지금도 내가 가장 좋아하는 K의 사진은 바로 이 여행에서 찍은 것이다. 그 사진에서 그는 그때까지 내가 한 번도 본 적 없는 어린아이 같은 모습으로 환하게 웃고 있다.
"이런 막무가내 여행, 앞으로 우리 여행의 콘셉트로 잡으면 어때요?"
"그럴까?"

그 후 우리는 몇 차례 더 여행을 떠났고, 여전히 구체적인 일정이나 마지막 날의 숙소는 미리 정하지 않고 있다. 계획 없이 떠나는 여행은 예전 연애에서 경험하지 못한 특별한 유대를 선물했고, 새롭게 알게 된 우리의 독특한 취향과도 맞았기 때문이다.

'좋은 나'보다 '편안한 나'가 매력 있다

참 좋은 시절의 여행은 추억을 위한 것이었다. 사진도 많이 찍고 좋은 모습을 보이기 위해 챙길 것도 많다. 친밀한 관계라도 언제 내게 실망할지 모르니 늘 긴장해야 했다. 하지만 연식인에게 여행은 기분 전환 같은 거다. 별 기대 없이 '그냥' 떠나고 '대강' 쉬다 오면 된다. 좋은 모습보다는 편안한 모습을 보여주는 기회로 삼기 바란다. 지금껏 애써왔다면 여행에서는 긴장을 풀고, 만족하고 기뻐하고 평화로운 모습만 보여주면 된다. 그건 당신 파트너도 원하는 바일 테니….

그러니 유명한 곳을 순례하는 빡빡한 일정 따위는 필요 없다. 쉬고 자고 먹고 다시 자는 본능에 충실한 여행이면 된다. 유명 여행지를 중심으로 정하기보다는 교통이 편리한 숙소를 기준으로 해서 갈 곳을 정하면 된다. (연인의 여행지라고 알려진 남이섬, 춘천, 월미도 등은 연식인들을 환영하지 않고, 피차 불편할 뿐이다) 옷가지와 화장품 등도 간단히 꾸린다.

여행지에까지 가서 귀찮게 요리를 하려고? 장을 봐서 서툰 솜씨로 요리하는 것보다 사 먹는 쪽이 경제적으로나 만족도에서 효율적이다. 둘 중한 사람은 부지런히 가까운 맛집 한두 곳을 검색해두자. 배가 고파서 음식점을 찾아 헤매면 성질 급한 연식인은 욱하기 마련이다. 먹고 사는 게중요한 연식인이니 가격 대비 그만한 가치가 있는, 맛있는 식당이라면 그날 밤 대화의 소재가 되기도 한다.

짐은 늘 간단히 챙기고 은밀한 밤을 위한 준비는 잊지 않는다. 낯선 여행지에서의 섹스는 용기를 북돋우고 짜릿한 반전을 선사한다. 일상을 벗어나 긴장이 풀리면 욕망도 상승하기 마련이다. 남들에게 불편을 끼치지 않는 선에서 간단한 스킨십을 주고받는 것 또한 여행의 재미다.

사랑 여행의
평화를 지키는 법

6년 차 연식 연인 Y 커플은 늘 휴가를 따로 보낸다. 연애 초반, 한 번 여행을 다녀온 뒤 내린 결정이다. 그들은 1박 2일 여행 내내 피 터지게 싸웠다고 했다. Y는 작은 일도 그냥 넘어가지 않는 여자이고, 그녀의 연식남은 고분고분한 여자를 꿈꾸던 남자였으니 처음으로 함께한 24시간이 악몽일 수밖에. 그 후 6년을 잘 지내왔지만 서로를 잘 몰랐을 때 삽시간에 서로의 밑바닥까지 본 충격으로 여전히 여행은 망설이게 된다고.

여행을 하다 보면 갈등이 생기기 마련이다. 연식인은 무심코 싸움에 돌입하게 되는 사소한 상황들을 경계해야 한다. 끊임없이 싸우는 사람과는 영원한 사랑을 꿈꿀 수 없음을, 우리는 과거 경험을 통해 알지 않는가. 여행은 누구에게나 시험 무대가 될 수 있다. 사람들은 익숙한 환경을 벗어나면 모든 걸 객관적으로 보려는 경향이 있다. 평소에는 아무렇지 않던 짜증 부리기나 말하는 습관이 새삼 거슬릴 수 있으며, 여행지에 와서도 여전하다고 여겨지면 느닷없이 분노를 자극할 수 있다.

여행 중에 싸움을 피하려면 일단 처음부터 한쪽이 주도하는 것이 좋다. 상대방에게 주도권을 쥐어주었다면 모든 걸 맡겨라. 거슬리는 점이 보여도 넘겨라. 여행은 길라잡이 두 사람이 아니라, 선장 한 명과 센스 넘치는 부관이 함께해야 즐겁다.

불합리한 상황까지 무조건 받아들이라는 얘기는 아니다. 싸우는 도중에도 과거 연인들과 비교해서 당신이 덜 흥분하고 덜 싸우는 상대라는 점을 간간이 짚어줘야 한다. 그리고 싸움으로 가기 전 서로에게 시간을 선물하라. 24시간을 함께하는데 한두 시간 내게 집중하지 않는다고 해서 문제될 일은 없지 않은가. 스마트폰을 들여다보거나 노트북을 짊어지고 와서 웹서핑한다고 화낼 일이 아니다. 사실 사람의 집중력이란 한두 시간을 넘기기 힘들고, 제아무리 사랑하는 연인 사이라 해도 종일 붙어 있는 것은 혼자인 생활에 익숙한 연식인에게는 쉬운 일이 아니다.

첫 여행의 일정을 길게 잡아도 될지 물어오는 이들이 있다. 결론적으로 말하면 상관없다. 늘 문제는 첫날이니까. 첫째 날을 잘 보낼 수 있다면 그 후에는 이틀이건 일주일이건 상관없다. 그러니 여행을 떠날 때 들뜨는 마음을 경계하라. 사람은 긴장이 풀리는 순간 실수하기 마련이니까. 예전에 연애할 때 여행에서 문제가 있었다면(코를 요란하게 골거나 화장실을 심하게 가리는 습관 때문에 상대를 불편하게 했거나 등등) 출발 전에 미리 양해를 구하는 것도 좋다.

연식인에게 여행은 더 이상 풋풋한 설렘이 아니다. 그보다는 피곤함, 낭비, 돌아오는 길의 교통 체증 같은 부정적 이미지가 먼저 떠오를 확률이 높다. 그래서 이 여행을 남다르게 포장할 필요가 있다. 휴식만 하는 여행이어도 좋고, 전에 없이 짜릿한 섹스를 경험하는 여행이어도 좋고, 처음부터 끝까지 먹기만 하는 식도락 여행이어도 좋다. 단, 상대방이 과거 연애에서 익히 경험했을 여행과 다르기만 하면 된다.

"당신은 내가 더 좋은 사람이 되고 싶게 만들어요."

– 〈이보다 더 좋을 수는 없다〉(1997)

Lesson 15
백 마디 말보다
끈끈한 '밥정' 활용법

K는 내 밥을 챙기는 남자다. 늘 인사는 '밥 안부'를 묻는 것으로 시작하고, 메신저 대화 역시 주로 먹은 것, 먹고 싶은 것, 챙겨 먹어야 할 것, 먹으면 안 되는 것이 주를 이룬다. 연인이 된 지금 우리의 엥겔계수는 20대에 비해 곱절로 높아졌는데 그 이유는 분위기보다 음식의 '질'이 중요해져서다. 데이트할 때면 섹스는 걸러도 끼니는 빼먹지 않는다. 먹고 사는 것, 연식인에게 왜 그렇게 중요한 문제일까?

"인생은 요리와 달라,
모든 재료가 준비될 때까지 기다릴 수 없어."

– 〈음식남녀〉(1994)

그 남자는
늘 배고프다

"너 때문에 내가 큰맘 먹었다. 냉동실 열어봐. '투뿔' 등급 한우 사났다니까."
K의 어깨가 으쓱한다. 명품 가방이 든 쇼핑백을 건네는 남자의 어깨도 저만큼 올라가지는 않을 것이다. 그는 먹을거리로 내게 생색내는 남자다.

연식인의 데이트는 젊은 날에 비해 한결 심플하다. 일단 만나면 밥을 먹고 차를 마신다. 여기에 영화나 공연 관람, 스포츠, 섹스, 산책 중 한 가지가 더해진다. 저질 체력으로 하루에 두세 가지 일정을 소화하는 건 무리이지만, 밥이 빠지는 일은 절대 없다. 이유는 간단하다. 연식인에게 연애란 더 이상 혼자 밥을 먹지 않아도 된다는 의미와 통하니까. (함께 잠자리에 들 누군가가 있다는 건 그다음이다.) 이제는 TV에 소개된 맛집에 갈 수 있고, 문턱 높은 레스토랑에 당당히 입성할 수 있으며, 운이 좋으면 연인이 해주는 집밥을 먹을 수 있다.

연애 초기, 먹는 얘기만 나오면 도무지 멈출 줄 모르는 K를 보며 아직은 서

먹한 대화를 쉽게 풀려고 그러나 보다 생각했다. 하지만 그는 아침, 점심으로 뭘 먹었는지 자세히 보고하는 것은 물론 야근할 때 저녁 메뉴를 대신 골라 달라고 떼를 쓰기도 한다. 밤 12시, 후회한다는 내용과 함께 야식 사진이 도착하는가 하면, 야식을 먹지 않기로 결심한 날은 칭찬을 기다리는 강아지처럼 목덜미를 들이댄다. 가끔 나는 "우리 대화는 말하자면 그냥 '먹방'인 거지…"라며 대화 주제가 편중되어 있음을 투정한다. 그때마다 K는 "인생 뭐 있냐, 먹는 게 남는 거지"라며 당연한 듯 대답한다. 알고 보니 주변 연식남들이 하나같이 먹는 것에 목숨 걸고 있었다.

한 신문 기사에 따르면 나이가 들면 식탐이 느는데, 이런 증세는 남자 쪽에서 더 심하다고 한다. 특히 연식남들은 '밥(한식)'에 집착한다. 그 이유와 관련된 여러 가설이 있겠으나, 내 흥미를 끈 건 '스트레스'와 연관된 설명이다. 중년 남자의 만성적인 스트레스가 탄수화물을 통한 당분 섭취를 유도한다는 것. 외로움, 소속감 상실, 부담, 열등감, 스태미나 저하, 미래에 대한 두려움 등이 그를 허기지게 하고, 숟가락 움직이는 손을 바쁘게 만든단다. 아랫배가 나오고 혈압이 심상치 않게 오르내리지만, 한 번 돈 입맛은 좀처럼 가시질 않는다. 심하게 허기지거나 맛없는 음식을 먹었을 때에는 난데없이 폭발하기도 한다. 그래서 연식인에게는 연애가 필요하다. 행복한 남자는 스트레스가 줄어들 테고, 허전한 마음을 더 이상 밥으로 채울 필요가 없으니까.

우리의 밥은
당신의 밤보다 소중하다

연식 연애를 하고 내게 생긴 가장 긍정적 변화는 건강해졌다는 것이다. K를 만나기 전보다 체중은 10kg 이상 줄었고, 늘 붉은색으로 표시되던 체지방 수치도 정상 범주에 들어섰다. 그렇다고 곡기를 끊는 무모한 다이어트를 한 것도 아닌데 말이다.

K는 연애 초반부터 스스로를 '골골대고 손이 많이 가는 남자'로 소개했다. 만난 지 3개월 즈음 자신의 체중과 혈압 수치를 공개했고, 밤이면 수화기 너머로 '애고' 소리가 끊이지 않는다. 아무리 오래전에 한 약속이라도 컨디션이 나쁘면 연인의 서운함 따윈 신경 쓰지 않고 취소했다. 그러다 보니 이 연애에서 건강에 대한 염려와 관심은 당연히 끌어안고 가야하는 거였다.

연애를 시작하면서 자연스레 전보다 싱겁게 먹게 됐고, 채소와 과일 섭취를 늘렸으며, 외식할 때면 열량은 낮으면서 포만감을 주는 메뉴에 눈이

갔다. 대화하면서 식사하다 보니 전투적으로 흡입하던 습관은 어느새 느긋하게 먹는 것으로 바뀌었다. 무심코 튀김으로 향하던 포크질도 멈췄다. 건강한 음식으로 끼니를 때운 날은 어린애처럼 자랑스레 보고하고 칭찬을 기다렸다. 그리하여 K와 연애를 시작하고 4개월 만에 빠진 체중이 두 자릿수다. 굶기는커녕 그렇게 잘 챙겨 먹었는데도 말이다.

분위기보다 맛이지

꽤 괜찮은 회사에 취직한 스물여섯 살 조카가 이모에게 밥을 사겠다고 했다. 녀석이 안내한 곳은, 여의도에 자주 드나드는 내가 전혀 모르는 음식점이었다. 아무튼 조카 덕분에 꽤 괜찮은 식사를 했다. 얻어먹을 수만은 없어서 디저트는 내가 사겠다고 했더니 조카가 가방에서 꽤 두꺼운 책을 한 권 꺼냈다.

"여자 친구랑 데이트할 때 고민이 너무 많이 돼서 아예 레스토랑 가이드를 사서 들고 다녀요."

아, 20대 시절에는 나도 저런 남자들과 만났지. 인터넷이 없던 시절, 잡지 과월호에서 오린 '데이트하기 좋은 분위기 있는 레스토랑 20선' 같은 음식점 기사를 들고 앞장서던 남자들 모습이 새삼 떠올랐다.

하지만 연식남은 그런 남자가 아니다. 맛과 분위기 중 선택하라고 하면 무조건 맛이다. 맛을 위해 재료의 질은 물론이고 조리법까지 따진다. 시간은 물론이고 돈을 허비하는 것은 참을 수가 없어서 새로운 레

195

스토랑을 가는 일은 거의 없다. 수년째 드나든 단골집, 주위 사람들이 보장하는 확실한 맛집만이 그들에게 인정받는다.

몇 번 되지 않는 K와의 외식에서, 소개팅을 제외하고 그의 단골이 아닌 새로운 레스토랑에서 음식을 먹은 건 딱 한 번이다. 그나마도 그가 동네에서 지나다니며 봐뒀다는 레스토랑이었는데, 그리스 음식점이라며 자신 있게 이끈 곳이 어느새 멕시코 음식점으로 바뀌어 있었다. 당황해서 나가려는 그를 붙잡아 앉혔는데, 그는 내내 불안한 눈치였다. 내가 주문한 음식 맛이 괜찮은지 몇 번을 묻더니, 차와 디저트까지 먹겠다고 하자 못마땅한 표정을 지었다. 꽤 비싼 값을 지불하고 나오며 그가 중얼거렸다.

"단골 식당으로 갈걸…."

그날 데이트 내내 그는 그 레스토랑 음식의 품질과 가격을 언급했다. 그후 나는 늘 밥 먹을 식당을 그에게 선택하라고 한다. 둘의 식성이 비슷한 편이라 별 불만이 없기도 하고, 기대에 못 미치는 음식을 먹었을 때 드러나는 그의 짜증을 감당하지 않아도 되기 때문이다.

요리하는 남자는
늘 옳다

모든 음식의 진리는 결국 '집밥'이다. 제아무리 무해하다고 해도 식당에서 정성스레 조미료를 넣어 만든 음식 맛은 영민해진 혀를 속이기 힘들고, 짜고 맵고 튀긴 '스리 콤보' 음식을 앞에 두면 젓가락질을 주저하게 된다. 연식인은 집밥을 꿈꾼다. 연식인 세계에서 부엌칼 한번 안 잡아본 여자는 더 이상 귀여워 보이지 않고, 라면만 끓일 줄 아는 남자는 매력도가 떨어지는 이유다.

K는 자취 경력 20년의 나도 놀랄 만큼 뛰어난 요리 실력의 소유자다. 자취 생활을 워낙 오래 했기 때문이기도 하고, 워낙 가리는 게 많고 입맛이 까다로워서 밖에서는 맞는 음식을 찾기 어렵기 때문이기도 하다. 흔한 찌개나 김치볶음밥이 아니라, 스테이크에 매시트포테이토와 아스파라거스 샐러드를 곁들여 내는 남자라니! 20대의 내가 그를 만났다면 그 가치를 몰라봤을 것이다. 남성스러운 매력이 없다고 했을지도. 그런데 이 나이가 되고 보니 알겠다. 밥상에 올라오는 음식이 그저 뚝딱 나오는 게 아

님을, '주부 생활'을 이해하는 남자와는 먹고 사는 얘기뿐 아니라 다른 이야기도 잘 통한다는 것을.

요리 잘하는 남자를 만나다 보니 함께 요리하는 일이 많아졌다. 주로 그가 썰고 볶는 일을 담당하고, 나는 씻고 보조하는 역할을 맡는다. 재미있는 건 싱크대 앞에서 바삐 움직이는 그때 가장 많은 대화를 나눈다는 사실이다. 채소를 씻다가, 고기를 볶다가, 양념 맛을 보다가 서로의 일과를 묻고, 절로 어린 시절 추억을 이야기한다. 또 우리의 팀워크가 남다름을 느낀다. 얼굴을 마주 보거나 눈길을 주고받지 않아도, 한 팀으로 움직이는 행위가 주는 만족감이 꽤 크다. 요리를 완성하고 식탁에 앉으면 오히려 아쉬운 마음이 들 정도. 메뉴를 고민하고, 마트에서 요리 재료를 사고, 요리를 만들고 먹고 설거지하는 것까지가 데이트 코스인 셈인데 대화의 질이나 만족감 면에서 꽤 훌륭한 점수를 줄 만한 데이트다. K와 함께 외식한 음식 맛은 기억나지 않지만 그가 직접 차려줬거나 함께 만든 저녁상은 맛은 물론 그릇의 배치까지도 생생하게 기억난다.

요리 데이트에는 주방장과 어시스턴트의 역할이 분명히 정해져야 한다. 주방에 두 명의 주방장은 필요 없다. 요리를 주도하는 사람과 재료 손질, 자질구레한 일을 하는 사람을 정해야 한다. 어시스턴트는 주방장의 요리에 함부로 참견해서는 안 된다.

솔직히
까놓고 말해요

예전에 나는 위아래로 많아야 두세 살 차이 나는 상대만 고집했다. 이유는 세대가 다르면 자연히 관심사도 다를 테고, 그러면 대화의 공통분모가 적을 거라는 우려 때문이었다. 하지만 K를 만난 뒤 나는 편안한 연애의 매력을 새삼 깨닫고 있다. 그 편안함의 정수는 그와 얘기 나눌 때이다. 물론 대화 내용도 특별하다. 하지만 그보다는 대화 방법이 편안함의 차이를 낳았다.

일단
듣고 말한다

과거 연애에서는 대화의 주도권을 잡는 데 혈안이 되었다. 또 끊임없이 웃겨주는 남자가 최고였고, 대화 중간에 침묵이 자주 찾아오는 상대라면 서로 맞지 않는다고 판단했다. 하지만 지금 우리는 말할 기회를 양보한다. 요컨대 먼저 듣고 나중에 말한다. 그냥 듣지 않고 집중해서 들으며, 상대방 입장에서 먼저 생각하고 내 입장을 정리한 뒤 이야기한다. 그로 인해 침묵이 찾아와도 더 좋은 대화를 위해 필요한 시간이라 여기며 초조해하지 않는다.

사실 이 대화법은 직장 생활을 하면서 익힌 것이다. 잡지사 편집장으로 일하던 시절, 나는 한 달에 적어도 50명 이상과 업무 미팅을 하고, 그 수만큼 새로운 사람을 만나야 했다. 지나치게 길고 많은 미팅을 하다 보면 건성으로 임하는 경우가 많다. 따라서 나는 미팅 시간을 최대한 줄이고 대화에 집중해서 단시간 내에 결론을 내리려고 했다. 분위기를 띄우기 위한 아이스 브레이크식 대화는 최대한 짧게 효율적으로 마무리하고, 업무와

“당신은 나를 완전하게 해요.”

– 〈제리 맥과이어〉(1996)

관련한 대화에서는 일단 상대방 이야기를 들어주었다. 상대가 긴장하지 않고 편안하게 이야기할 수 있도록 분위기를 만들고, 흥미로운 표정으로 적절히 반응하며 충분히 듣는다. 일단 할 말을 다 하게 해주면, 그 후 내 입에서 나오는 말이 거절이나 부정적인 말이어도 상대방 기분이 덜 나쁘다. 적어도 자신이 하고 싶은 말은 다 했으니 억울할 것도 별로 없어 내 반박을 더 이성적으로 받아들이게 된다.

젊은 연인들을 위한 연애 조언에는 '말다툼을 하지 않기 위해서는 정치나 종교 같은 무거운 주제를 피하고, 쉽고 가벼운 주제를 택하라'는 말이 있다. 하지만 연식인들에게는 토론이나 어려운 대화 주제를 통해 자신의 지식과 경험을 뽐내고 싶어 하는 본능이 있다. 그리고 저잣거리에 떠도는 가벼운 주제들로 대화를 이어가는 '어린 아이들'과는 다르게 고상한 대화를 함께 즐길 수 있어야 당신을 차별화할 수 있지 않겠는가.

몸을 치장하는 것보다 대화 기술에 더 많은 노력을 들여라. 시사 상식을 공부하라는 얘기가 아니다. 마음을 열어 듣고, 적절히 반응을 이끌어낼 수 있는 질문을 던지는 연습을 하라는 얘기다.

돌려 말하면
피곤해

연식 남녀는 '단도직입적으로' '솔직히' '까놓고 말해' 등으로 시작하는 대화법을 즐긴다. 이미 세상사 알 만큼 아니, 굳이 숨기거나 돌려 말해 서로 피곤하게 만들지 말자는 화법이다. 연식 연애의 화법에서는 잔꾀를 부리거나 거짓말을 하는 자가 결국 불리한 상황에 처하게 된다. 진실에는 진실로 응수하는 거다.

모르는 것은 모른다고 솔직하게 인정하라. 연식인들은 '꼰대' 정신이 있어서 모르는 걸 인정하면 가르쳐주고 싶어 한다. 가끔 정도가 지나쳐서 그렇지, 당신이 모른다는 사실보다 자신이 설명할 수 있다는 사실에 더 주목하며 설명에 매달릴 것이다. '썰'이 지나치게 길거나 지루하면, 적절한 타이밍에 주제를 바꾸면 된다. 내 경우에는 뭔가를 먹자는 얘기나 19금 대화 쪽으로 유도하는 게 거부감이 가장 적었던 것 같다.

물론 처음에는 당황스럽다. 하지만 적응하면 세상에서 가장 경제적인 대화법이라는 사실을 알게 될 것이다. 좋은 것을 좋다고, 맛이 없으면 없다고, 기분이 안 좋으면 안 좋다고 표현하면 된다. 그렇다고 과거 연애사를 다 뒤집어 까 보이는 그런 실수는 하지 말고! 나중에 다시 얘기하겠지만 연식인에게 과거 연애사는 아무런 의미가 없다. 지금부터라도 그렇게 믿어야 한다.

가치관이
통하느냐

연식 남녀가 사귈 때 가장 먼저 맞춰봐야 할 것은 서로의 가치관이 어느 쪽을 향해 있느냐다. 정치관, 행복관, 경제 개념, 종교관 등이 근접해 있는지를 확인하라는 것이다. 지금까지 K와 내가 한 번도 심각하게 다투지 않은 것은, 나이 차에도 불구하고 가치관 싱크로율이 유난히 높기 때문이다.

어릴 때야 가치관이 새순처럼 돋아날 때이니 사랑한다면 일순에 자신의 가치관을 바꾸는 것도 어렵지 않다. 하지만 연식인의 가치관은 절대 바뀌지 않는다. 게다가 가치관 차이는 성격이나 취향이 다른 것과는 비교도 안 되는 큰 장애물이다. 어떤 대화든 물 흐르듯이 진행되지 못하고, 자신도 모르게 상대가 얘기하는 동안 머릿속으로 반박 조항을 준비하고 공격의 의지를 불태우게 된다.

가치관이 다른 것은 날카로운 칼을 가슴에 품고 서로에게 다가서는 것과 같다. 그 칼을 꺼내어 휘두르면 상대에게 해를 입히지만, 보이지 않게 숨기고 있으면 결국 내가 다친다. 뼛속부터 가치관이 다른 사람이라면 아깝지만 버려라.

취향을
대화하다

"삼겹살, 좋아해요?"

K가 물었을 때, '예' 또는 '아니오'로 답하면 그만일 거라 생각했다. 하지만 우리는 1시간이 넘도록 각자 싫어하는 음식에 대한 얘기를 신나게 나눴다. 나이가 꽤 들어서까지 못 먹는 음식이 있다는 건 그리 자랑할 만한 일은 아니다. 아마도 그래서 그는 특정 음식을 싫어하는 이유를 얘기해야겠다고 생각했는지도 모르겠다.

그저 좋고 싫은 게 아니라 까닭을 설명하는 것은 서로를 이해하는 데 도움이 된다. 내 취향을 받아들이라고 하는 것은 무례하다. 오랫동안 형성된 취향에 대해서는 상대가 이해할 수 있는 기회를 줘야 한다. 음식뿐 아니라 음악, 스포츠, 영화에 이르기까지, 자신의 취향을 적극적으로 변호하고 이해시켜라. 무엇보다도 차후 데이트 계획의 윤곽을 잡는 데 유익하다.

설득과
칭찬 나누기

자기 생각이 견고한 연식 남녀에게 '틀렸다'는 걸 인정하게 하는 건 불가능에 가까운 일이다. 차라리 그냥 옳다고 생각하게 내버려두는 것이 좋은 방법이다. 특히 연식남의 경우라면 이 화법이 더더욱 중요해진다. 정 딴죽을 걸고 싶다면 일단 고개를 끄덕이며 동의를 표하고, 마지막에 당신의 생각을 덧붙여라. 이때 "당신 말이 맞아요"라고, 세상 모든 남자가 좋아하는 마법의 문장을 먼저 사용한다면 그는 기분이 너무 좋은 나머지 정신이 혼미해져 당신이 원하는 대로 해줄 것이다.

오래된 연인은 늘 궁금할 것이다. '하고 많은 사람 중에 이 사람이 왜 나를 좋아하는가?' 굳이 질문하게 만들지 말고 상대가 알아차리게 하는 것이 가장 훌륭한 안심 대화법이다. 그 방법은 남발한다 싶을 정도로 아끼지 않는 칭찬이다. 연애 초반에는 외모부터 목소리, 스타일에 이르기까지 근거가 1%라도 있으면 무조건 칭찬하라. 칭찬에는 두 가지 포인트가 있다.

첫째, 칭찬은 '상대가 나를 잘 대해준 것에 대한 감사'여야 한다는 것, 둘째 은연중에 과거 연인과 비교하는 형태를 띠는 게 좋다. 예를 들어 "이렇게 요리 잘하는 남자가 또 있을까"라든가 "난 이 기계 다루는 법 도무지 모르겠던데 쉽게 가르쳐줘서 정말 고마워요"라는 식으로.

현실주의자와의
연애가 좋다

연식 남녀는 섣불리 미래를 이야기하지 않는다. 미래라는 단어가 등장하는 순간 재미는 반감하고 로맨스는 남루한 현실이 되고 만다. 이 연애에서는 현재가 중요하다는 걸 잊지 말자. 은근슬쩍 직업의 비전, 수입과 지출, 가족계획 같은 주제에 대해 불시에 묻지 말자. 젊은 시절보다 더 조심해야 함을 명심하자.

미래는 결정과 결론의 다른 이름이다. 어떤 게임이든 결말을 알고 시작해야 한다면, 그 결말이 뻔히 정해져 있다면 재미가 없다. 자꾸 잊어버리는가? 연애의 종말은 곧 결혼이라는 걸!

행복의 가장 큰 적은 미래다.

– 『행복이란 무엇인가』 (하임 샤피라, 21세기북스)

Lesson 17
좀 아는 남자 여자의
연애 진도

'연식인들은 매우 활발하게 성생활을 즐긴답니다!'라는 화끈한 말로 시작하면 좋겠치만 안타깝게도 그건 사실과 다르다. (완전 부정은 아니라는데 주의 요망!)

은밀하게 주변 연식 커플 아홉 쌍의 평균 섹스 횟수를 조사해보니 2주에 한 번 한다는 2년 차 커플부터 일주일에 3~4회는 너끈하다는 6년 차의 불타는 연인까지 제각각이었다. 나이에 반비례하는 것도, 체격 조건에 비례하는 것도 아니었다. 역시나 '성생활은 개인차'라는 걸 확인했다. 하지만 한 가지 공통점을 찾아냈다. 젊을 때보다 힘(!)은 달릴지 모르나 확실히 전보다 더 즐거운(!) 섹스 라이프를 즐기고 있다는 점이다.

섹스보다 즐거운
'섹서사이즈'

그 이름도 어중간한 '중년'이 된다는 건 외로운 일이다. 그래서 우리는 나름대로 일상을 좀 더 재미있게 보내려고 노력한다. 그런 우리에게 섹스는 허락된 몇 안 되는 놀이이자 시간적, 체력적으로 소화할 수 있는 유일한 스포츠, 섹서사이즈다.

그러니 연식인들에게는 '상대에게서 성적 매력을 느끼느냐'는 중요한 판단 요소가 된다. 진도를 빼는 속도 20대 시절과 비교할 때 단연 빨라졌다. '손을 잡는다-키스를 한다-섹스를 한다'는 식의 스킨십 순서를 따지는 것은 이 관계에서 별 의미가 없다. 이 나이쯤 되면 둘 중 하나는 독립생활을 영위하고 있어, 더 이상 '할 곳'을 찾아 헤맬 필요도 없다. 책임을 운운하며 상대에게 부담 지울 나이도, 서투른 피임법 등 서로를 곤란하게 할만큼 성 지식이 부족한 것도 아니다. 섹스에서 더 이상 풋풋함을 기대하지 않는다. 이 관계에서 최고의 파트너는 함께 즐길 수 있는 사람이다.

"얼마나 더 사랑해야
사랑이 무엇이라 말할 수 있을까."

– 〈나의 사랑 나의 신부〉(2014)

우리가 침대에서 하는말

사랑은 시간과 장소를 막론하고 사랑이지만,

죽음이 가까워올수록 그 사랑의 농도는 진해진다는 것.

– 『콜레라 시대의 사랑』(가르시아 마르케스, 민음사)

주변 연식인들에게 만족스러운 성생활에 관한 조언을 구하자, 남녀 불문하고 두 가지로 요약되었다. 첫째, 파트너를 만족시키기 위해서가 아니라 스스로 만족할 수 있는 섹스를 추구하라. 둘째, 섹스에 관해 열린 대화를 하라.

나이가 들면서 달라진 게 있다면 섹스할 때 점점 이기적이 된다는 것이다. 예전에는 파트너의 기대, 성취감, 만족도를 우선으로 생각했다. 좋게 말하면 배려하는 섹스, 나쁘게 말하면 눈치 보는 섹스를 했다. 하지만 지금은 상대가 아닌 자신의 몸, 느낌에 집중했을 때 더 만족스러운 섹스를 할 수 있음을 알고 있다.

참 다행스럽게도 이 나이쯤 되면 섹스의 핵심은 힘이나 테크닉이 아니라, 교감에 있음을 인정하게 된다. 교감이란 얼마나 '솔직하게' '까놓고' '부끄러움 따위는 개의치 않고' '노골적인' 커뮤니케이션을 할 수 있느냐 하는 것이다. 제대로 교감하려면 두 가지 요소가 필요한데, 원하는 것을 솔직하게 말할 수 있는 용기와 편견 없이 이를 수용하는 열린 자세다.

아직도 많은 이들이 서로에 대해 성적 신비감을 간직한 채 결혼한다. 이해되지 않는 것을 묻지 않으며, 해주지 않는 것을 더 이상 요구하지 않는다. 하지만 이 안개에 쌓인 듯한 신비로움이 성생활 자체의 길을 잃게 만들 것이다. 섹스에서 신비로움이라는 거? 개나 줘버리자. 파울로 코엘료도 말했다. 섹스는 오르가슴이 아니라 행복해지기 위해서 하는 거라고. 입을 열지 않으면 내가 상대에게 뭘 원하는지, 어떻게 해야 더 행복해질 수 있는지 알려줄 수 없다.

오해와 실망은 추측 때문에 생기곤 한다. 좋아할 거라고, 만족하고 있을 거라고, 기대보다 부족했을 거라고, 옛 연인과 비교하고 있을 거라고 추측하는 순간 당신의 영혼은 머나먼 곳으로 여행을 떠난다. 지금 그 영혼이 집중해야 할 곳은 확실한데 말이다.

만약 파트너가 기대처럼 반응하거나 좋고 나쁨을 언어로 표현한다면 당신의 영혼은 온전히 지금 이곳에서 쾌락의 순간에 도달하는 과정에 집중할 수 있을 것이다. 섹스하며 나누는 대화는 의사소통에 가깝다. 그때 하는 말이 음담패설일 필요는 없다. 오히려 직관적인 표현과 설명이 도움이 된다. 말투는 일상적 말투와는 다르게, 되도록 낮은 톤으로 다정하고 부드럽게 이끌어주듯 던지는 게 좋다.

K는 처음부터 침대에서 대화하는 남자였다. 나는 이런 대화가 낯선 여자였다. 그래서 그가 던지는 말에 일일이 대답하지 않았으며 그게 섹스에 특별히 영향을 미치지는 않는다고 생각했다. 그러던 어느 날 여행을 떠났고, 환경이 바뀌자 나도 조금은 대담해졌다. 나도 모르게 그에게 노골적인 요구를 했는데, 그는 내 말을 듣고 순간 움찔하며 놀라더니 큰 소리로 웃기 시작했다.

"아유, 그러셨어요? 그게 그렇게 좋으셨어요?"

그가 놀려대자 아차 싶으면서 순식간에 얼굴이 벌겋게 달아올랐다. 다시 말을 주워 담고 싶을 만큼 창피했다. 하지만 결과적으로는 좋았다. 기분 좋게 웃고 난 그가 내 요구 사항을 열심히 들어준 것은 물론 더 열심히 사랑해줬으니까. 칭찬에 인색한 그에게서 귀엽고 재미있는 여자라는 얘기도 들었다. 그 후로 우리는 좀 더 열심히 의사소통을 하게 됐고, 상대가 요구한 사항은 절대 그냥 넘어가는 일이 없다.

이 사랑엔
협동심이 필요하다

안타까운 것은 체력이다. 영혼은 성숙한 연인의 것일진대 육체가 이를 배신하는 것이다. 하지만 그 빈자리를 채울 방법이 있다. 초등학교 『바른생활』(이게 뭔지 모른다면 당신이 연식인이 아니라는 증거다!)에서 입 아프게 강조했던 '협동심'이다.

마흔세 살의 연식녀 P는 주변 사람 가운데 가장 과감하게 섹스 라이프를 즐기고 있다. 모임에서 그녀는 종종 이 나이에 섹스에서 버려야 할 것은 '편견'이라고 열변을 토하곤 한다.

"여대 동창 A가 괜찮은 남자를 소개받았는데 호텔까지 가서는 그냥 나와 버렸대. 이유는 남자가 오럴을 요구했다는 거야. 첫날밤에 어떻게 그런 걸 시킬 수 있느냐는 거지. 그래서 내가 말해줬어.

'20대, 30대 남자는 바지를 벗기도 전에 이미 준비가 되어 있다고. 하지만 40대 남자는 준비될 때까지 시간이 필요할 수도 있다고. 그 사람은 함께 행복해지기 위해 조금의 도움을 요청한 것뿐이야'라고 말이지.

다들 내 말이 무슨 뜻인지 알겠어?"

연식인의 19금 라이프를 위해서는 협동심 외에 호기심, 그리고 좀 더 적극적인 자세가 필요하다. 특히 이는 연식녀에게 더욱 필요하다. 예를 들어 20대 때는 여자가 별다른 노력을 하지 않아도 모든 일이 순조롭게 진행될 수 있다. 하지만 이제는 여자의 활약이 더 필요한 경우가 생긴다. 사실 이건 스태미나보다는 기대되는 자극의 종류가 달라서다.

그렇다고 부담을 가지거나 경험이 부족하다고 해서 긴장할 일은 아니다. 그저 그런 상황이 생길 수도 있다고 생각하고, 호기심을 갖고 있다면 남녀 사이의 문제는 자연스럽게 해결점을 찾는다. 이때 연식남은 좀 더 다정하고 좋은 선생님처럼 굴어야 한다.

인생 최고의 시기에 만났으면 좋았으련만. 연식 남녀의 호시절은 이미 지나갔을지 모른다. 따라서 만족스러운 섹스를 하기까지 비고 모자라는 부분은 함께 채워야 한다.

Lesson 18
마음의 표현, 몸의 대화

연식 연애에서 지양해야 할 것은 연식녀이면서 소녀처럼 구는 태도다. 나이에
따라 기대하는 모습이 있기 마련인데, 마흔이 다 되어서 타 하나 묻지 않은 소
녀처럼 대해주기를 바라는 것 자체가 모순이다. 차라리 그 나이의 여자에게 기
대하는 수준으로 행동하면 그다음 단계로 나아가는 게 쉬워진다.

더 늦기 전에
더 뜨겁게

다섯 번째 데이트를 앞둔 그 겨울, 어느 날 나는 후두염을 심하게 앓았다. 밤새 고열과 기침에 시달리다가, 목소리마저 나오지 않았다. 종이에 글을 써서 대화하는 한이 있더라도 약속 장소에 나가고 싶었지만, 다음 날 장거리 여행을 떠나야 해서 나를 걱정한 남동생의 만류에 마음을 접었다. 아쉽지만 오늘은 못 만나겠다고 통고하고 돌아선 순간 도착한 문자. "집 앞으로 갈 테니 짐 갖고 내려와요. 오늘 밤에 같이 있고, 내가 내일 공항에 데려다줄게."

엥? 우린 겨우 네 번 만났고 손 한 번 잡지 않은 사이인데 함께 있자니! 진심인지 농담인지 알 수 없는 야릇한 제안에 나는 아무런 대꾸도 하지 않았다. 하지만 참으로 오랜만에 가슴이 쿵쾅거렸다. 예전에 만난 사람 중에 K처럼 친절하고 지적인 남자는 많았다. 하지만 만난 지 얼마 되지 않아 이렇게 가슴 설레게 한 남자는 드물었다. 그건 바로 '그가 나를 원한다'는 사실 때문이었다.

그 겨울 나는 생애 최고의 몸무게 기록을 경신하는 중이었다. 살이 찌니 노출에 민감하게 됐고, 거울 앞에 설 때마다 내게 과연 섹시함이라는 게 남아 있는지 반문했다. 하지만 이 남자, 단 두 문장으로 건어물녀의 심장을 다시 뛰게 만들었다. 20대나 30대 초반에 만난 지 얼마 되지 않아 함께 밤을 보내자는 제안을 받았다면 내 반응이 지금과 같았을까? 분명 아무 여자에게나 들이대는 짐승이라며 미련 없이 딱지를 놓았을 텐데 말이다.

연식녀 중에는 순진한 순정녀가 많다. 정숙함이 미덕이던 시절의 가치관이 남아 있는 데다 성교육을 제대로 받을 기회가 없었던 세대라는 게 그 이유일 것이다. 그래서인지 딱히 처녀성을 고집하거나 사고가 꽉 막히지도 않았는데 지금껏 '섹시함을 무기로 내세우지 않는다'는 철학을 고수하는 이들이 많다. 의외로 나이가 무색할 정도로 성 경험 횟수가 손으로 꼽을 정도이거나 처녀성을 지키고 있는 이들도 많다. 남자의 성욕은 스무 살 즈음 최고조에 이른 뒤 점차 사그라지고, 여자의 성욕은 점점 올라가 40대 초반에 최고조에 이른다고 하지 않던가. 그녀들은 아직 재능을 발휘할 기회를 못 만났을 뿐, 뜨거운 연인이 될 준비는 되어 있다는 얘기다.

성공한 회계사 P는 20대 초반 호기롭게 시도했던 몇 번의 섹스 경험이 별로여서 섹스가 자기에게 맞지 않는다고 결론 내리고 남자와의 잠자리를 피해왔다. 그러다 마흔둘 생일 즈음에 만난 세 살 연상의 남자와 약간의 술기운을 빌어 섹스하게 됐는데, 전혀 다른 세계였다. 새로운 즐거움을 발견한 그녀는 20여 년의 시간을 보상이라도 받겠다는 듯이 과감하고 다양한 섹서사이즈를 즐기고 있다. 여자 쪽에서 적극적으로 원하고 시도하니 파트너인 연식남이 두 팔 벌려 환영하는 것은 물론이다. 이제 그는 여자 친구가 뒤늦게 성에 눈떠서 재미를 느낀 나머지 자신이 아닌 다른 남자에게 눈 돌릴까 봐 긴장하고 있다.

연식인 중에는 '자신이 섹시하지 않다'고 생각하는 사람이 많다. 하지만 섹시함은 지극히 개인적이고 주관적인 것이라 섣불리 판단할 게 아니다. 소피아 로렌도 말하지 않았던가.
"섹시함이란 실제 당신이 갖고 있는 게 50%, 그리고 남들이 당신에게 있다고 생각하는 게 50%다."

연식 연애에서 지양해야 할 것은 연식녀이면서 소녀처럼 구는 태도다. 나이에 따라 기대하는 모습이 있기 마련인데, 마흔이 다 되어서 티 하나 묻지 않은 소녀처럼 대해주기를 바라는 것 자체가 모순이다. 차라리 그 나이의 여자에게 기대하는 수준으로 행동하면 그다음 단계로 나아가는 게 쉬워진다. 연식녀라면 (비록 당신이 섹스 경험이 거의 없는 순진녀라고 해도!) 조금은 덜 순진해 보이는 게 더 자연스럽다. 연식인들은 연애 초반에도 19금 대화를 하게 된다. 이때 기겁하거나 오버해서 상대를 '무뢰한'으로 모는 실수를 하지 말라는 얘기다.

마침내 19금 대화의 포문이 열린 뒤, 나는 소피아 로렌의 말을 이번 연애 생활의 모토로 삼기로 했다. 타고난 섹시함은 부족할지언정 나머지 부족한 반쪽의 섹시함은 연출을 해서라도 내 것으로 만들겠다는 의지 말이다. 연애 초반, 카카오톡이나 전화 통화에서 야한 농담이 불쑥 등장했을 때, 당당하게 맞받아치고 별것 아닌 일상 대화도 기회만 되면 19금으로 급전환하는 대화법을 연마했다. 예를 들어 K가 외로움을 느낄 때(몸이 아프거나 배가 고프다고 할 때)면 그의 곁에 내가 있을 수도 있는데 그렇지 못해 안타깝다는 걸 암시하는 말들을 던졌다.

"배고파. 밥해주는 여자가 필요해."
"오빠랑 같이 있으면 새벽에도 배고프다며 일어나 밥하라고 할 듯."
"사람이 밥만 먹고 사나~♡. 그리고 새벽에는 따로 할 일이 있다고⋯."
"그게 무슨 일일까나?"

연식남의 대화는 대개 본능에 충실한 편이다. 배고프고(먹고 싶다), 졸리고(자고 싶다), 피곤하고(쉬고 싶다), 외롭다(안고 싶다)는 식으로 자신이 원하는 것을 얘기한다. 이런 기본 욕망의 기저에는 19금 대화로의 발전 가능성이 늘 깔려 있다. 그의 욕망에 동의하되 직접적으로 대답하지 말 것. 그 대신 그의 머릿속으로 어떤 장면이 순간 스쳐 지나갈 수 있도록 가정법이나 은유적 표현을 쓴다. 신체 부위를 명명하거나 의인화해서 표현하는 방법도 연식인들 사이에서 애용된다.

남자들은 적당히 판만 깔아주면 무엇이든 언제든 19금 대화로 전환하는 능력자들이다. 저속한 표현 하나 없이도 야한 사고 기제를 자극하는 단어들을 골라 적당히 애교 있는 말투로 표현하면 대부분 성공한다. 대화가 일단 19금 쪽으로 흘러가면 게임은 끝이다. 당분간 그는 당신 외에 아무것도 떠오르지 않고 오직 당신만 원할 것이다.

24시간 뜨거운
연인이 되어라

남자가 몸매 좋은 여자를 선호하는 것은 당연한 진리다. 하지만 그저 그런 몸매의 여자와는 섹스를 못하느냐 하면 그건 아니다. 여자 역시 몸매 좋은 남자를 보면 하고 싶어진다. 하지만 배 불룩 나온 40대 남자의 몸매에서 섹시함을 느끼기도 한다.

젊은 시절 놀아본 연식인들은 섹스에서 정말 중요한 것은 '취향'이 아니라 '조화'라는 걸 잘 알고 있다. 아무리 몸매가 완벽해도 자신과 맞지 않을 수 있고, 무엇보다 파트너가 함께 플레이하지 않으면 정말 재미없는 게임이 된다는 진실 말이다. 대학교수인 S는 세미나에서 만난 타 대학교수와 열애 중이다. 키 165cm 이상에 긴 생머리 여자가 이상형이던 그의 기준에서 그녀는 '절대 아닌' 외모였다. 지적이고 점잖은 사람이니 섹스 또한 비슷하게 전개될 거라는 예상과 달리, 그녀는 무서운 게 없는 모험가였다. 예상 밖의 반전. 조금은 소극적이던 자신의 성적 취향을 바꿔놓은 그녀 덕분에 그는 요즘 하루하루가 즐겁다.

몸매나 체력에 자신감 없는 연식인이라면 같은 입장의 연식인을 만나야 희망이 있다. 나이가 들면 같은 음식을 먹고 운동을 해도 20대의 몸매를 유지하기 힘들다는 사실을 이해하기에, 몸매에 대한 기대치가 낮아지기 마련이다. 그리고 섹스의 횟수와 강도보다는 '질'을 더 중요하게 여기기에 하룻밤에 몇 회 식의 숫자에 근거한 체력에 흔들리지 않는다.

참 좋은 시절의 섹스가 메이저리그라면, 연식인들의 섹스는 마이너리그다. 사람들은 대개 마이너리그 경기에 많은 것을 기대하지 않지만, 게임에 임하는 플레이어들의 열정이나 흥미가 덜한 것은 아니다. 오히려 기대가 덜하기 때문에 그 이상의 만족감을 얻을 수 있고, 배려심이 있는 성숙한 플레이어들인 만큼 실제로 20대 때보다 더 나은 섹스 라이프를 즐기는 이들도 많다.

19금 라이프에서 가장 큰 적은 '내숭'이다. 알 것 다 아는 나이에 순진함을 가장하거나 정색을 하는 것만큼 어색하고 짜증나는 조합도 없다. 연식 연애에는 순진함보다 '순~찐한' 게 더 사랑스럽다.

짜고 치는
야한 말

알고 보니 내 주변의 연식 연인은 대부분 농도 짙은 19금 대화를 일상적
으로 나누고 있었다. 업무 시간에 온 연인의 퇴폐적인 메시지에 짜릿한
흥분을 느껴 퇴근 후 곧장 달려갔다거나, 메신저 대화에 몰두한 나머지
내릴 지하철역을 놓친 게 한두 번이 아니라는 이들도 많았다. 연식녀 Y
커플은 데이트를 못하는 날이면 19금 대화로 대신하는데, 마지막에는 꼭
'나가기'를 눌러 방을 지우는 것을 잊지 않는다고 했다. 지나치게 노골적
인 대화가 노출되는 것을 우려해서다.

육체적 기준에서 연식인의 섹스 체력이 뒤지는 것은 사실이다. 하지만
19금 라이프를 육체적 결합만이 아닌, 섹스를 조장하고 연상시키는 모든
말과 행동의 총합이라고 볼 때, 열정만은 연식인이 전혀 뒤지지 않는다.
연식인들은 체력적, 사회적 이유로 일주일에 한두 번 데이트하는 경우가
많다. 그렇다면 함께 있지 못하는 나머지 5, 6일은 손끝부터 찌릿찌릿해
지는 19금 대화를 수시로 즐기기 위해 노력해야 한다. 메신저 대화나 문

자메시지로는 귀엽고 유치한 것부터 아주 노골적인 대화까지 가능하다. 경험상 여간해서는 메시지 하나 안 보내던 연식남도 모호하게 보낸 19금 메시지에는 흥미를 보이며 곧장 반응한다.

19금 대화의 목표는 오직 하나다. 당신이 곁에 없는 동안에도 하루 종일 당신을 생각하게 하는 것. 그러면 그 연애는 절대 지루하게 끝나지 않는다.

19금 대화를
잘하는 방법

1. 19금 대화는 일종의 연극이다. 연극에는 몇 가지 장치가 필요하다. 먼저 자신의 상황(장소, 옷차림, 어떤 행동을 하고 있는지 등)을 설명해줘라. 상대가 상상력을 발휘할 준비가 되어야만 게임이 시작된다.

2. 누가 먼저 운을 띄우는지는 중요하지 않다. 다만 첫 대답부터 상대를 무안하게 만들지 마라.

3. 동사의 어미는 최대한 유치하게 바꿔 사용한다. '~용'체, '~엽'체, '~영'체 등. 귀여운 말투의 19금 대화가 훨씬 선정적이다.

4. 섹시한 신체 부위에 둘만이 알 수 있는 별칭을 붙여 부른다.

5. 연상을 돕는 의태어, 의성어 등을 자주 활용한다.

6. 지나치게 많은 이모티콘은 감각의 집중에 방해가 되니 주의한다.

7. 지난 섹스를 칭찬하라.

8. 만남을 기대한다는 말을 잊지 않는다.

Lesson 19
이 연애의 온도

거리에서 격하게 애정 행각을 벌이는 젊은 연인이 눈에 들어왔다.

K가 묻는다.

"우리도 저런 거 할까?"

나는 고개를 저었다.

"아니!"

날씨 좋은 날 한적한 공원을 걷다가 문득, K에게 노래를 불러 달라고 했다.

돌아온 답은 "남세스럽게…"였다. 나는 두 번 조르지 않았다. 그 대신 K의 손을

잡는다. 그의 손은 미지근하다. 뜨겁지도 따뜻하지도, 차갑지도 않다. 이제는

안다. 그게 우리 연애의 온도라는 걸.

거꾸로 가는
연애의 시간

20대에는 사랑보다 커리어가 더 중요하다고 생각했다. 30대에는 취향이 까다로운 어른 흉내를 내며 피곤하게 굴었다. 그리고 마흔 살. 지금 나는 어린아이처럼 유치하고, 내일이 없는 사람처럼 사랑을 하고 있다. 그건 마흔여덟 살의 K도 마찬가지다.

이 연애의 시간은 거꾸로 가고 있다.

한창 소개팅을 하던 30대 시절, 마침내 마흔 넘은 연식남들이 소개팅 상대로 나오면서 그저 재미있기만 하던 소개팅이 차츰 심드렁해졌다. 자신이 얼마나 잘난 사람인지 자세히 설명할 테니 너는 닥치고 듣고 있으면 된다는 식의 사람이 점점 늘어났다. 처음에는 그냥 '내 직장 상사려니…' 하는 마음으로 그들의 투정과 잘난 척을 잘 받아넘겼다.

하지만 그런 사람들을 만나는 횟수가 늘어갈수록 나도 모르게 '내 인생

4막은 아마 이런 꼰대 같은 사람들과 달콤하지 않고 씁쓰름하기만 한 재미없는 연애를 이어가게 될 것'이라 예상했다. 한창때는 자리를 깔아줘도 못했던 닭살 돋는 연애 기회는 영영 가버리고 말았다 생각하니 그렇게 억울할 수가 없었다.

그런데 지금 K와 나는 일곱 살짜리 아이들처럼 "~해쪄요" 체로 통화하고, 수시로 "아잉~"을 섞어가며 앙탈을 부린다. 남들에게 손가락질 받을 정도는 되지 말자고 신경 쓰면서 공공장소에서 스킨십도 하고, 야한 농담을 주고받으며 킥킥거리기도 한다. 서로를 유아용 만화 캐릭터보다 못한 별명으로 부르거나, 신체 부위에 이름을 붙여 대화하는 하릴없는 짓도 한다.

사실 나는 애교가 많은 여자는 아니다. K 역시 말없고 무뚝뚝하기로는 둘째가라면 서러울 상남자다. 그래서 그전 연애에서는 이런 짓(!)을 하지 않았다. 그런 우리가 누가 먼저 해 달라고 부탁한 것도 아닌데, 이 유치한 사랑놀이에 빠져버렸다.

이제는 나잇값을 할 나이라고 생각했는데, 연식이 된 지금 유치한 사랑놀이를 할 수 있어서 즐겁다. 그리고 끝 간 데 없이 유치해지고 싶을 때 거부감 없이 받아주는 상대를 만나서 다행이고 행복하다고 느낀다. 나이는 숫자에 불과하다는 말, 혼자였을 때는 받아들이기 힘들었다. 한 해 한 해 먹는 나이가, 무거운 추가 쌓이듯 가슴에 꽉 들어차였다. 지금은 둘만 있는 때에는 실제 나이를 잊는다. 그건 아마 이 풋풋한 연애 스타일 때문일 것이다. 스물아홉 살, 서른다섯 살의 나보다 마흔 살 지금의 내가 젊은 기분이 드는 이유다.

미지근해서
더 좋은 이 사랑

문득 K가 자신은 사랑한다는 말을 쉽게 하는 사람이 아니라고 했다. 이제는 그 말이 그렇게 쉽게 해서는 안 되는 말이라는 걸 알기 때문이라고 했다. 젊은 날의 나였다면 '그래도 나에게만은 예외'여야 한다며 어떻게든 그 말을 들으려고 했거나, 무지하게 화를 냈을 것이다. 하지만 이제 나는 그가 사랑한다는 말을 쉽게 하는 사람이 아니어서 좋다. 그건 사랑이라는 말이 지닌 무게를 알 정도로 성숙하다는 얘기니까.

연식인은 '사랑을 위해 목숨을 걸겠다'는 말을 입 밖으로 내지 않는다. '나랑 연애할래, 죽을래' 같은 극단적 이분법은 거부감이 든다. 확실히 데이트는 전보다 소박해졌고, 서로 선물도 자주 하지 않는다. 사랑한다는 말은커녕 좋아한다고 말하기 전에 침을 몇 번이나 삼키곤 했다. 그래서 우리는 연인으로부터 우유부단하고 미적지근하다고 타박을 받기도 하고, 주변에서 이 연애의 진실을 의심하기도 한다. 그래서 이 사랑이 차가우냐고 하면, 그건 아니다.

사랑은
'은근히' 변한다

그동안 내 연애 스타일은 전력 질주였다. 감정을 있는 대로 표현하고, 밀당 없이 마구 내달렸다. 문제는 그러다가 어느 날 문득 방전된다는 것이다. 그냥 자고 일어났을 뿐인데 거짓말처럼 그 사람을 향해 내달리던 애정이 사라지곤 했다. 특별히 다른 사람이 생긴 것도 아닌데 소위 말하는 '사랑이 어떻게 변한' 것이다.

서른 중반까지만 해도 이건 나만의 독특한 연애 스타일이라고 생각했다. 그런데 연애 시장에 남아 있는 상당수 연식인이 비슷한 성향임을 알게 됐다. 특히 연식녀 중에는 헌신적인 사람이 많은데 예전 사랑에서 헌신하다가 '헌신짝' 되는 경우가 많았다. 이런 성향은 잘 바뀌지 않는다. 현재의 사랑에서도 연애 초반에는 마구 내달리고 퍼주는 사랑을 한다. 그러다 그 열정에 대한 보답을 제대로 못 받는다고 느낄 때 연식녀들은 미리 이별을 준비한다. 이 나이에는 실연의 상처를 입었을 때 회복이 너무 힘드니 애써 방어벽을 치고 도망치는 것이다. K를 만날 무렵까지도 내 연애 스타일은 바뀌지 않았다. 하지만 이번에는 1년을 지나면서도 쉬 지치거나 출구를 확인할 생각조차 하지 않고 있다. 그 비결은 속도와 온도다. 연애 중반에 접어들면 이 연애의 속도는 확실히 느려진다. 그리고 뜨겁지도 않다.

얼마 전 오랜만에 만난 친구가 내게 '연애를 시작하더니 분위기가 달라졌다'고 했다. 뭔가 차분하고 안정을 찾은 것 같다는 것이다. 그러고 보니 과거 격앙되고 쫓기는 하이 톤 대신 미디엄 톤에 미디엄 템포로 얘기하는 나 자신을 발견했다. '짜증이 난다'보다 '좋다, 행복하다'는 말을 자주 하지만 그마저도 호들갑스럽지 않다.

이건 K의 트레이닝 덕분이다. 연애 초반에 내 연애 스타일이 초반 전력 질주라는 사실을 알려주며 조심스럽게 경고했다. 그 후 그는 페이스메이커처럼 내가 조바심을 낼 때면 이유가 무엇인지 묻고 그게 그리 걱정할 일이 아님을 말해주곤 했다. 내가 달콤함에 빠져 '오버'할 때면 그는 긴장할 일을 만들어주었고, 서운한 마음이 들 때면 따뜻한 말을 건넸다. 결과적으로 우리 감정은 안정적인 중간 선에서 행복감을 유지하고 있다.

참 좋은 시절에는 '하늘을 나는 것 같은' 행복감을 느껴야만 잘되는 연애라고 생각했다. 하지만 감정은 오르내리기 마련이며 최고 수준으로 유지하기 위해서는 그만큼의 노력이 필요하다는 걸 알았다. 더 위험한 것은 정점에서 나락으로 떨어지는 기복을 경험할 때다.

연식인은 이런 감정의 고소공포증을 갖고 있다. 그게 얼마나 큰 상실감과 스트레스를 주는지 알기에 우리는 적당한 수준의 감정을 유지하는 방법을 저절로 터득했는지도 모른다.

연애의 느린 속도와 미지근한 온도는 우리가 찾아낸 '안전망' 같은 것이다. 살아남기 위해, 상처를 주거나 받지 않기 위해 자연적으로 체득한 습관이다. 사랑이 변하면 누구에게나 힘들지만 특히 연식인에게는 더 힘든 상처로 남는다. 그래서 우리는 미지근한 사랑을 한다. 이 온도로는 오래 유지하는 게 어렵지 않고, 설사 사랑이 식는다 해도 충격이 크지 않을 테니까. 미지근하다는 건 그래서 좋다.

그렇게 약간 미적지근한 게 좋아요. 뜨거운 건 좀 힘들어요.
이 나이가 되면 말이죠. 약간 미적지근한 게 좋아요.
– 후지TV 드라마 〈최후로부터 두 번째 사랑〉

Lesson 20
지금 내게
가장 좋은 것을 한다

"지금 내게 가장 좋은 것을 한다."

연식 연애를 하면서 내가 하루에도 몇 번씩 되뇌는 말이다. 이 연애를 지금껏

이어오는 데는 이 다짐의 힘이 절대적으로 컸다. 예전 연애에서는 나만 좋은

연애를 하기는커녕 내게 좋은 것이 무엇인지조차 몰랐다. 눈은 늘 상대의 반

응을 살피느라 바빴고, 그가 좋으면 나도 행복하다는 식의 가정법을 당연하게

여겼다. 하지만 연식은 나에게 앞뒤 복잡하게 재지 않고 내가 만족하면 모두

가 행복해지는 사랑을 일러주었다.

하지만
이런 사랑도 있어

K는 연식에 걸맞게 귀찮은 게 나보다 훨씬 많은 사람이다. 그러다 보니 연애 초반, 이 관계를 지속하기 위해 내 쪽에서 더 많은 노력을 해야 했다. 그건 시간이나 애정, 경제 면으로 내가 더 많이 쏟아야 하는 걸 의미했다. 당시 나는 회사를 그만두고 프리랜서로 일했기에 시간을 쓰는 데 문제가 없었다. 수입은 줄었지만 편집장 품위 유지비 같은 쓸데없는 씀씀이가 줄면서 경제적으로도 나쁘지 않은 편이었다. 반면 K는 야간 근무는 물론 주말에도 일해야 할 때가 많았고, 시작한 지 얼마 되지 않는 비즈니스를 유지하기 위해 안간힘을 쓰는 상황이었다. 그러니 연애를 위해 애쓰는 쪽은 당연히 나였다. 이상하게도 나는 그 상황에 대해 전혀 불만을 느끼지 않았다.

"그래서 너는 그 사람한테서 뭘 받았는데?"

"응?"

"거봐, 없지? 너는 그렇게 지극정성으로 하는데, 그동안 그 사람은 너한테 뭘 해줬냐고?"

"그런 건 없지만…."

"바보. 너 단단히 사랑에 미쳤구나."

내 주위에는 사랑이 일종의 게임이며 규칙을 따라야 한다고 믿는 사람이 많다. 처지가 비슷한 두 사람이, 동등하게 주고받으며, 사랑이든 관심이든 더 많이 받는 쪽이 이기는 게임이라는 생각 말이다. 그들이 보기에 나의 연식 연애는 게임과는 거리가 먼, 무조건적인 퍼주기의 연속이었다.

삶에서 이런저런한 조건을 따지는 사람들은 사랑도 이것저것 따져서 완벽해지는 것이 이상적이라고 생각한다. 하지만 완벽한 조건을 따진 사람들의 삶이 정말로 행복해 보인 적은 별로 없는 것 같다. 오히려 있는 그대로의 삶을 받아들인 사람들이 더 길게 행복하게 산다. 그들은 순간순간을 즐기고, 작은 만족에도 감사하며 살아가니까.

어린 시절에는 나도 남녀의 감정과 노력이 균등할수록 좋은 연애라고 믿었다. 그래서 내가 더 좋아하거나 더 애쓰고 있다는 생각이 들면 억울해서 울며불며 서운함을 표시하고, 관계를 정리하는 구실로 삼았다. 그 시절에는 사회적, 경제적으로 비슷한 처지의 사람을 찾는 게 쉬웠다. 그리고 '나와 비슷한 처지의 사람을 만나는 것'이 무난한 연애의 지름길처럼 제시되기까지 했다.

하지만 일종의 2부 리그인 연식 연애에서는 비슷한 처지의 사람을 입맛대로 골라 만나기가 어렵다. 게다가 '흠' 있는 사람들이 그득하니 균등은 커녕 한쪽으로 기운 비대칭적인 연애를 할 확률이 더 높다. 하지만 겪어보면 '사람으로서 감당하지 못할 인간관계는 없다'는 사실을 깨닫는다. 게다가 연식인은 상대방의 노력과 수고로움을 익히 알아 이해하고 고마워하는 성숙한 존재이니 함께 균형을 잡는 길이 그리 힘들지 않다. 그러니 한 손에 양팔 저울을 들고 자나 깨나 균형 있는 연애를 외쳐대는 연식인들에게 들려줄 말은 하나뿐이다.

"여기서 이러시면 안 됩니다."

내 인생
가장 화려한 연애

연애 초반의 장애물들을 대강 걷어 내고 K와 본격적으로 연식 연애를 해보는 쪽으로 마음을 굳힌 어느 날, 갑자기 인생의 마지막에서 몇 번째가 될지 모르는 이 연애를 가볍게 대하고 싶지 않다는 생각이 들었다. 뭔가 제대로 해보고 싶고, 그동안 못해서 아쉬웠던 것들, 안 해보면 마지막 순간에 후회할 일들을 몽땅 하고 싶었다. 그래! 지금, 내게, 가장 좋은 것을 하자!

이 연애에서 쓸데없는 두 가지를 들자면 과거의 기억, 그리고 미래에 대한 기대다. 나의 연식 연인이 과거에 어떤 연애를 했는지, 어떤 잘못을 저질렀는지를 굳이 캐낼 필요가 없다. 사람은 과거의 산물이니 지금 내 곁의 그는 그동안 거쳐온 과거 시간들의 산물일 테니까. 그를 사랑한다면 과거를 캐내 지금의 모습에 투영할 필요가 있을까? 내가 첫사랑이길 기대하는 건 스무 살 시절에나 가능할 뿐, 지금까지 누군가를 한 번도 사랑하지 않았다면 그게 더 이상할 테고. 지금껏 살면서 연인의 과거사를 알아두는 게 지금의 연애에 도움이 된다는 사람은 한 번도 본 적이 없다!

미래를 기대하지 말라는 건 자잘한 행동 하나하나를 대할 때마다 그것이 앞으로 둘의 관계에 어떤 영향을 미칠지 일일이 생각하지 말라는 것이다. 연인 관계에서 미래를 그린다고 하면 이는 대개 상대방에 대한 것이다. 상대의 작은 잘못을 발견하고 그 결점이 머지않은 미래의 결혼 생활에 부정적 영향을 미치는 모습을 그려본다거나, 그가 앞으로 이런 사람이 될 것이라고 단정하는 것은 위험하다. 추측과 예측은 늘 맞아떨어지지 않고, 오해와 망상은 늘 무언가를 희생양으로 세운다.

서른여덟 살의 G는 참 재치 있고 유쾌한 여자이지만 가까운 사람들만 아는 흠이 있다. 침소봉대, 즉 작은 일을 크게 부풀려 안 좋은 쪽으로 생각하는 과대망상이 있다. 데이트 도중 남자가 통신사의 할인 쿠폰을 쓰겠다고 했더니 '결혼하면 가계부 쓴 거 보자고 할 알뜰남'이라며 그만 만나자 하고, 인터넷 뉴스를 보던 그가 보수적 성향을 드러내자 '내 아이들에게 편협한 세계관을 심어줄 우파'라며 연락을 끊었다. 사람에게는 수십만, 수백만의 면면이 있어서 작은 결점 하나가 미래에 극단적 파국을 부를지도 모르지만 그녀의 망상은 심한 편이었다. 존중받아야 할 한 인간의 존재와 그 미래를 성급하게 일반화하는 것은 지양하자.

내가 주목하는 시제는 지금이다. 그건 현재 내 감정에 집중하겠다는 결심이다. 무엇을 하든 내가 기쁘고 즐거운지를 확인했다. 행복한 기분을 느낄 수 있다면 그걸로 충분히 보상받았다고 느꼈다. 이 방법은 내 노력에 대해 K의 반응이 기대에 미치지 못하거나, 내가 사랑받지 못하고 있다고 느낄 때 효력을 발휘했다.

연애 초반, K에게 소포로 하임 샤피라의 『행복이란 무엇인가』를 예쁘게 포장해서 보냈다. 나는 그 책에 담긴 인생관, 가치관을 지향하기에 책을 읽고 난 소감을 들으면 그의 인생관을 알 수 있을 거라는 기대 때문이었다. 한데 그의 반응은 내 기대를 깨뜨렸다.

"내용물은 작은데 포장이 너무 커서 우체통에 안 들어갔나 봐. 우체국까지 가서 찾아와야 했어."

그가 말한 포장이란 내가 문구점에서 고심해서 고른 선물 상자와 리본 장식이다. 순간 울컥했지만 이내 책은 어땠냐고 물었다.

"일단 챕터 하나만 읽어봤어. 그런데 이거 네가 좋아서 추천하는 책 맞는 거지? 뭔가 하고 싶은 말이 많아지긴 하는데, 시간 나면 다 읽어보고 말해줄게."

켁. 나는 다시 한 번 울컥하는 마음에 아무 말도 할 수 없었다.

사람은 특별한 의미가 담긴 행동을 하거나 수고가 담긴 호의를 보였을 때, 적절한 보상을 받고 싶어 한다. 그런데 그것이 무시당한 순간, 자존심에 상처를 입는 것은 물론 분노가 인다. 너무 실망한 나머지 나는 그와의 관계를 정리하려 했다. 그 순간 떠올린 말이 '지금, 내게, 가장 좋은 것을 하고 있는가'였다.

책 선물은 내가 즐겨 하는 일 중 하나였다. 좋은 소설이나 에세이를 선물하는 일은 많았지만 내 가치관을 누군가와 공유하기 위해 책을 건넨 것은 처음이었다. 그래서 책을 고르고, 포장하고, 우체국에 가서 꼼꼼히 싸서 소포를 보내고, 내 마음에 울림을 준 글귀가 K의 마음에도 그러하기를 기대하고 등등 그 모든 순간 나는 행복했다는 사실을 떠올렸다. 그래서 나는 얼기설기 찢어진 마음을 다시 추슬렀다. 나중에 알고 보니 K는 마지막으로 책을 읽었던 때가 언제인지 기억하지 못할 정도로, 최근 몇 년간 책 읽는 즐거움을 포기해버린 남자였다. 그리고 소포를 찾으러 우체국에 간 그날, 날씨는 너무 추웠고 우체국까지 절반쯤 갔다가 신분증을 두고 온 걸 깨달아 다시 집으로 돌아갔다고 했다. 만약 그때 내가 스스로를 위안하며 참는 길을 선택하지 않았다면 우리는 여기까지 오지 못했을 것이다.

연식남은 (매사가 귀찮은 나머지) 반응이 느리고 감정을 잘 표현하지도 못한다. 오줌이 찔끔거릴 만큼 감동스럽지만 "어?" 하고 대강 넘길 수 있고, 며칠이 지난 뒤에야 불쑥 고맙다고 얘기하기도 한다. 늘 한 템포 이상 느리다. 그러니 나처럼 전력 질주하는 스타일은 실망하다 못해 지쳐 나가떨어지기 쉽다. 실제로 많은 연식녀가 좋거나 싫다는 반응을 하지 않고 제자리에만 머물러 있는 것 같은 연식남의 행태에 지쳐 초반에 관계를 포기하는 일이 많다. 그럴 때에는 자신의 감정을 돌아보는 것이 좋다.

상대를 위해 무언가를 해주고 싶은 마음이 들었다면 그 감정만으로도 사랑이다. 사랑의 느낌으로 행복했다며 그것으로도 충분하다고 생각해보라. '당신이 행복하니 내가 행복해요'가 아니라, 내가 행복하니 내가 행복한 거다.

연식 남녀의 연애 경제학

연애 초기, K에게 '왜 그간 연애를 하지 않았느냐'고 물었다. 대답은 '결혼에 대한 생각이 별로 없어서, 그리고 돈이 아까워서'였다. 만학도에 당시 비즈니스를 '새로 시작했던 그는 이래저래 돈 들어갈 곳이 많았고, 그래서 데이트 비용도 아깝게 여겼다고. 반면 나는 데이트 비용을 '함께' 부담하는 데 익숙한 여자였고, 연애에서 돈으로 살 수 없는 가치들이 더 중요하다는 것에 눈뜬 시점이었다. 철저히 경제적 관점에서 봤을 때, 이 연애는 연식인끼리의 조합이 최적이다.

"내가 잠들기 전 마지막으로 이야기하고 싶은 사람은
바로 당신이에요."

– 〈해리가 샐리를 만났을 때〉(1989)

나는
네 돈도 아깝다

그 사람을 정말 좋아하고 있는지 궁금한가? 그렇다면 그(그녀)로 하여금 돈을 쓰게 하라. 만약 그 사람이 돈 쓰는 게 무척 아깝다고 느껴진다면, 당신은 그 사람을 사랑하고 있는 것이다. 이는 연식인에게는 좀 더 자연스럽게 찾아오는 의식의 변화다. 연식인이 세월에서 배운 것은, 미래에 원하는 것을 위해 지금을 희생하는 것이 필요하다는 사실이다. 내일이 없는 사람처럼 살았던 20대에는 당장 갖고 싶은 것을 갖고, 가고 싶은 곳에 가고, 타고 싶은 것을 타는 것이 중요했다. 하지만 세월은 지금 내가 원하는 것보다 미래를 위해 지금을 희생해야 한다는 사실을 가르쳤다. 단지 내가 반했다는 이유로 소개팅 상대에게 무리하게 베풀지 않고, 베푼 만큼 받을 것을 기대하지도 않고 투정 부리지 않는 이유다.

연식인들은 비슷한 나이의 기혼자들에 비해 좀 더 여유가 있는 편이지만, 그렇다고 마구 쓰지는 않는다. 오히려 알토란같이 모아두는 이들이 태반이다. 이제는 부모에게 손 벌릴 나이도 아니고 혹시 모를 결혼 비용을 모아두기도 하고, 독신으로 남을 경우를 생각해서 여유롭고 곱게 황혼을 보낼 수 있는 비용을 준비해야 하기 때문이다. 인생이 저물어간다는 걸 아는 연식인이기에 내일이 없는 사람처럼 살 수는 없다.

이 연애,
저렴하다

K와 데이트하면서 외식을 한 적은 손에 꼽을 정도다. 함께 장을 보고 집에서 음식을 만들어 먹는 것이 자연스러웠다. 비용 면에서도 그랬지만 연애 초반에는 그게 더 가치 있고 흥미로운 데이트법이라는 생각이 들었다. 한편 굳이 비싼 입장료를 내고서 (예전 연애에서 이미 가봤던!) 놀이동산에 가느니, 저녁 먹고 동네 한 바퀴를 산책하거나 함께 운동하는 것이 더 아름다운 추억이 된다는 것도 알았다. 최신 극장 개봉 영화를 고집하는 대신 추억의 명화를 저렴하게 VOD로 즐기고, 스카이라운지 대신 테이크 아웃 커피를 사서 전망 좋은 야외에서 마시며 얘기를 나눴다.

참 좋은 시절의 데이트는 두 사람을 위한 것이라기보다는 남들 눈을 의식한 경우가 많았다. 친구에게 자랑하고, 인증 사진을 남기는 등 포장이 중요했다. 하지만 데이트의 의미는 어떤 대화를 나누고 어떤 떨림을 느꼈느냐에 있지, 어디에서 뭘 먹었는지는 부수적일 뿐이다. 사실 20대 시절, 수많은 레스토랑에서 무엇을 먹고 얼마를 지불했는지 기억도 안 난다. 그리고 엉덩이가 푹신하게 들어갔던 경양식집의 소파에서 나눈 대화보다 소금구이집에서 딱딱한 보조 의자에 한쪽 엉덩이만 걸치고 앉아 먹었던 기억이 더 오래가지 않던가.

연봉의 원리상, 20대 후반보다 연식인이 된 지금의 지갑이 더 두툼하다. 그러니 굳이 저렴함을 고집할 이유는 없다. 하지만 우리는 수많은 경험을 통해 데이트의 만족감이 지갑의 두께와 비례하지 않음을 알고 있다. 둘의 마음이 정말로 통하는 데이트라면, 단돈 10원도 쓰지 않고 얼마든지 최고의 추억을 만들 수 있다.

나의 가치가
높아지는 순간

여자에게 가방을 안겨줬는데, 돌아온 건 고작 십자수라 속상했다는 얘기는 연식 남녀의 연애 이야기가 아닐 것이다. 십자수보다 더한 선물을 줬다는 게 아니라, 애초에 고가 선물을 받을 가능성도, 받고서 그저 떨 듯이 기뻐했을 가능성도 없어서다.

스물다섯 살 부하 직원이 남자 친구에게 명품 가방을 받았다고 자랑할 때, 서른여덟 살 노처녀 차장의 얼굴에 아무런 변화가 없다면 그 이유는? 정말 하나도 부럽지 않아서다. 대부분 연식인들은 재테크를 통해 어느 정도 부를 축적한 상태다. 남자라면 차나 꽤 괜찮은 브랜드 슈트 정도는 갖고 있을 수 있고, 여자라면 적금 통장과 여러 개의 명품 가방, 디자이너 슈즈 등을 '이미' 쟁여놓았을 것이다. 연애 대신 일에 매진했던 날들에 대해 스스로에게 준 보상이다.

이처럼 이미 갖고 있거나 누려보고, 고가의 물건에 집착하는 것이 덧없음을 깨닫다 보니 연식인의 물욕은 한결 누그러졌다. 이는 선물을 바라보는 태도에서 확연히 드러난다. 정말 갖고 싶은 것이 있으면 직접 돈을 모아서 사면 되지 그걸 연인에게 기대하지 않는다. 줄 때도 내가 여유가 있어서 주는 거고, 그만큼의 가치를 돌려받지 못한다 해서 그리 섭섭하지도 않다. 요컨대 선물을 하더라도 그걸로 으스대려는 마음이 있지는 않다. 주고 싶어서 선물하는 것뿐이니, 받는 사람은 그 마음을 헤아려 고맙게 받으면 된다.

이미 연식남들이 이 사실을 알고 있다. 서른 중반을 넘긴 여자들이 얼마나 많은 옷과 가방, 신발을 갖고 있는지 그리고 자신의 안목과 예상 지출 최대 폭이 만나는 지점에서 찾아낸 선물이 얼마나 빠른 속도로 그녀를 실망시키는지를 안다는 얘기다. 노력하고도 성과를 얻지 못하는 상황은 연식인들이 가장 싫어하는 경우다. 따라서 굳이 돈 쓰고 욕먹을 짓은 하지 않는다. 생일이나 기념일에 연식남들이 물을 것이다. "필요한 게 뭐냐"고. 갖고 싶은 게 아니라 필요한 걸 묻는 이유는 당신이 이미 가질 만큼 가졌다고 전제하기 때문이다. 재차 말하지만 그들은 이미 알고 있다.

Lesson 22
연인보다 편안하게
부부보다 달콤하게

연식 남녀의 연애는 주변인들에게 흥미로운 관심사다. 궁금해하고, 하나같이 참견하고 싶어 한다. 짚신 한 짝을 서둘러 '엮어~' '보내~' 버리는 게 자신들의 사명이기라도 한 듯. 하지만 이 장단에 휩쓸려서는 곤란하다. 재차 얘기하건 대, 연식 연애는 조급해지는 사람이 절대적으로 불리하다. 게다가 서두를 이 유가 무엇이란 말인가. 세상 모든 사람이 부러워하는 궁극의 관계, 즉 '연인 이 상 부부 미만'으로 지내는 중인데! 우리는 젊은 날의 연인 이상으로 많은 것을 공유하는 깊은 관계이지만, 부부가 되기엔 시간이 필요한 사이다.

이런 남자,
이런 여자 처음이야

시간 대비 연애의 진도로 봤을 땐, 확실히 연식 남녀의 연애는 빠르다. 서로의 마음을 확인하고 연애 급물살을 타기만 하면, 진도를 꽤 빨리 빼는 편이다. 그래서인지 금세 안정된(한편으로는 지루한) 궤도에 오르기도 한다. 이유는 분명하다. 나이가 들면 사람을 만나고 웬만큼 친해지기까지 그리 시간이 걸리지 않는 게 첫째 이유이고, 거친 세상사를 비슷하게 겪은 동지로서 서로의 상황을 더 잘 이해하고, 감정이입이 쉬운 게 두 번째 이유다. 연식 연인 중에 '처음부터 서로가 그리 낯설지 않았다'고 간증하는 이들이 많은데, (미안하지만) 운명 때문만은 아니다. 살아오면서 워낙 다양한 인간 군상을 만나다 보니 어디선가 본 듯한 인상, 겪어본 듯한 성격, 익숙한 반응 등에 친근함을 느끼기 때문이다.

처음부터 금세 빠져들게 되는 것도 연식 연애의 특징이다. '세상에 이렇게 좋은 사람을 왜 이제서야 만났을까' 싶을 정도로 죽이 잘 맞고, 천생연분이 아닐까 쉬이 착각한다. 하지만 이는 나이가 들다 보면 저절로 갖추게 되는 관용과 인지상정 때문일 확률이 높다. 우리는 투정보다는 이해를 앞세우고, 받기보다 베푸는 걸 즐기고, 주는 만큼 상대에게 받지 못한다고 해서 서운해 하지 않으며, 서로의 주머니 사정을 자기 일처럼 고려하니 데이트 비용 때문에 구차해지지도 않는다. 데이트 횟수나 시간에 목숨 걸지 않으며, 상대의 피로를 배려하는 따뜻한 말 한마디 정도는 기본이다. 떠들썩하거나 남세스러운 이벤트는 꺼리게 되지만, 그 대신 은근하게 마음 써주는 것의 소중함을 알기에 작은 것 하나를 신경 써줘도 진심으로 고맙다.

내가 감동했던 K의 유별난 점 역시 알고 보면 연식남의 전형적인 특징 중 하나다. 마흔 살의 나를 어린아이처럼 대해줬다는 점이다. 잡지사 편집장까지 지낸, 힘 세고 운동도 곧잘 하고, 길눈도 밝고 독립적이기까지 한 여자를 말이다. 하지만 K의 눈에 나는 그저 자신보다 세상살이 경험이 적은 여자일 뿐. 그는 오빠처럼 나를 대한다. 내가 어디를 다녀오겠다고 하면 길을 잘 알고 있는지 재차 확인하고, 운전 조심하라는 당부도 몇 번이고 한다. 전자 기기에 젬병인 내가 뭘 물어보면 마치 일곱 살 아이에게 설명하듯 천천히 반복해서 설명해준다. 물론 어린 동생처럼 대하다 보니 내 의견을 무시하거나 무얼 하든지 못 미더워하는 면도 있다. 하지만 나는 지금껏 사회적으로 어른 행세를 하다가, 늦은 나이에 돌봄을 받는 재미에 흠뻑 취해버렸다. 사실 연식남과 데이트하는 많은 연식녀들이 이 관계에서는 어린아이처럼 굴어도 된다는 점을 장점으로 꼽곤 한다.

참으로 오랜만에 행복한 연애 감정을 경험하는 연식인은 서둘러 이 사람이 내 여자고 내 남자라는 공표를 하고 싶어 한다. 그동안 망설이다가 놓쳐버린 수많은 사랑의 기억 때문이기도 하고, 화양연화가 끝없이 이어지는 것은 아님을 알고 있어서다.

한편, 사람의 인연이라는 건 쉽게 이어지는 것도, 쉽게 끊을 수 있는 것도 아님을 알기에, 사랑한다는 표현도 헤어지자는 말도 쉽게 하지 않는다. 하지만 실연이 끝이 아니라, 그저 인생의 한 부분이라고 느끼기에 언제든 자유로워질(외로워질) 준비가 되어 있다.

결혼이
결론은 아니잖아요

결혼하면 배우자에 대한 합법적 권리를 소유하게 된다. 부부 사이에는 모든 걸 공개하고 공유하는 게 중요하다. 하지만 연식 연애에서는 당연히 주어지는 게 없다. 예를 들어 과거 연애사나 복잡다단한 가정사를 상세하게 얘기하지 않고, 가족이나 친구에게 당신을 소개하는 것도 느리다. 심지어 잠자리를 할 때도 매번 유혹과 협상 과정이 필요하다. 연식인들은 마냥 준다고 해서 그 결과가 다 좋은 게 아니며, 많은 걸 공유하는 게 오히려 집착을 강화한다는 걸 경험으로 알고 있다.

그가 예전 여자 친구를 왜 찼는지 알아봤자 훗날 그가 어떤 이유로 당신을 찰지에 대한 힌트를 얻을 뿐이다. 머리가 굵은 연식인은 가족이나 친구가 하는 말에 좌지우지되지 않을뿐더러, 오히려 그들과의 관계가 이 평화로운 연애를 더 복잡하게 만들 수 있음을 알고 있다. 당연하게 요구하고 받아들이는 섹스. 이 역시 연애 매너리즘으로 이어지는 지름길 아니던가?

연식 연애 계명 중 하나는 '묻지도 말고 대답하지도 말라'는 것이다. 조급한 마음에 초반부터 모든 걸 공유하려고 하면 '과잉 공유의 폐해'라는 철퇴를 맞을 뿐이다.

제아무리 안정돼 보이는 연식 연애에도 관계가 단절될 위험은 존재한다. 그나마 젊은 시절의 연애는 이성을 보는 눈이나 유혹의 기술이라도 길러준다지만, 연식 연애는 'ALL or NOTHING'이며 이 연애의 한끝은 '그냥 남겨지는 것'이니까. 따라서 이 두려움을 극복하지 못하면 '부부 미만'의 관계라는 사실이 당신을 지치게 할 것이다. 내 경우에도 좀처럼 속내를 내비치지 않고 툭하면 연락이 끊기는 K 때문에 연애 초반에는 피가 마를 지경이었다. 집착증 환자처럼 되어가는 내가 너무 싫어 대책을 강구했다.

첫째는 '그가 없어진 후의 내 인생'을 정리해 글로 쓰는 것이었다. 상상으로라도 두려움을 대하고 나면, 그때부터는 확실히 덜 두려워지리라는 생각에서였다. 이 방법은 생각보다 효과적이다. 둘째는 아예 마음먹고 상대에 대한 긍정적인 감정을 숨김없이 다 표현하는 것이다. 사랑이 끝난 뒤 미처 표현하지 못해 남아 있는 '잉여의 감정'만큼 쓸모없는 것이 있던가. 잉여의 감정은 미련으로 변질되지만 긍정적인 감정을 맘껏 표현하는 건 관계를 강화한다.

연식 연애란 사랑은 하고 싶지만 자유를 구속받고 싶지는 않았던 사람들에게 허락된 뒤늦은 '선물'이다. 그러니 지금의 아기자기하고 달콤한 무드를 만끽하고 즐기고 볼 일이다. 조급하지 않으면 오히려 멀리 보게 되고, 중요한 점을 볼 수 있다. 예를 들어 상대가 이 관계에 진정으로 성실한 사람인가 하는 것 말이다. 당신에게 성실한 것이 아니라, 이 관계에 성실한 사람인지가 중요하다. 전자는 당신을 안심시키기 위한 목적으로 쉬이 거짓말하거나 진실을 숨길 수 있다. 하지만 관계를 성실하게 유지하려는 사람은 당신뿐 아니라 주변의 모든 사람에게 성실할 것이며, 그 성실함에는 '미래'가 포함될 수밖에 없다.

일단 애부터 만들라는
사람들에게

"그냥 눈 딱 감고 아기부터 가져."

"아…그건…."

"둘 다 나이가 있잖아. 그 나이에 임신하는 건 축하받을 일이다, 너!"

"그런 건 우리가 알아서…."

"임신부터 하고 남자가 결혼하자고 하면 살짝 튕겼다가, 마지못해 하는
척 해. 내 말이 맞아. 나중에 나한테 고맙다고 하게 될걸?"

사생활의 경계라는 건 존재하지 않는다. 제삼자가 연식인의 '번식(임신,
출산, 피임의 모든 과정을 포괄하는 의미로 사용하기로 한다)'에 관해 자
기 의견을 내놓을 때는 말이다. 물론 서른 살 초반에도 이런 식의 참견은
있었다. 하지만 연식인이 되고 나니, 이건 참견 수준이 아니라 어마어마
한 강요다.

제아무리 능력 있고 잘난 연식인이라도, 한없이 쪼그라들고 확신이 없어

지는 순간이 있다. 바로 '번식 능력'에 관해서다. 연식과 번식력이 반비례함은 보편적인 상식. 그러다 보니, 한 쌍의 연식 남녀가 연애를 시작했다고 하면 당장 후사를 만들 수 있느냐 없느냐를 놓고 가족과 주위의 관심이 집중된다. 솔직히 이 넓은 세상에서 연식 남녀가 만나기까지 얼마나 힘들었겠는가? 그런데 미처 그 결합의 기쁨을 나누기도 전에 모두의 골칫거리요, 걱정의 대상이 되는 것이다. 그래서 가능한 한 오래 연애 사실을 숨기게 되는 것인지도….

물론 걱정하는 마음에 대해 고마워해야 한다는 것은 안다. 하지만 은밀하고 사적 영역에 속하는 이 능력에 대해 타인이 불쑥 물어오는 문화권에 살다 보면, 이만한 스트레스 요인도 없다. 무엇보다 번식력에 대한 고민은 연식 남녀 스스로 오래전부터 해오던 것이기에, 주변에서 안달을 낼수록 더 반발하고 싶은 마음이 커진다.

영화 〈미스 식스티〉에는 예순 살의 전직 분자공학자가 등장한다. 퇴직 후 예전에 다니던 연구실에서 실험용으로 냉동해둔 난자를 찾아가라는 연락이 오자, 그녀는 예순 살의 나이에 어머니가 되는 자신을 그린다. 그리고 인터넷을 통해 마음에 드는 정자 제공자를 찾는다. 생물학적으로 불가능한 나이에 임신을 꿈꾸는 그녀의 이야기는 일간지에 대서특필될 정도의 이슈가 되는데….

코미디물에 가까운 이 영화를 보며 나는 마음이 마냥 가볍지만은 않았다. 몇 년 전 이야기가 떠올랐다. 6년째 연식 연애 중인 Y도 한때 냉동 난자의 어머니가 될 뻔한 적이 있다. 간단한 검사를 위해 산부인과 병원을 찾은 그녀에게 담당의가 불쑥 '나이도 있으니, 임신할 생각이 있으면 난자를 얼려두는 건 어떠냐'는 제안을 한 것이다. 머잖아 정상적인 임신이 힘든 상황이 오고, 그때 어차피 인공적인 난임 시술을 받게 될 테니 그때 사용할 난자를 하루라도 빨리 채취해 얼려두자는 것이었다. 그 얘기를 들은 며칠 후, 연식 언니들과의 술자리에서 나는 Y의 이야기를 들려주었다. "이제 우리는 산부인과에 가면 '난자를 얼려라'는 제안을 받는 나이가 된 거야. 하지만 막상 그런 말 들으면 기분 나쁠 것 같아"가 내 말의 요지였는데, 그들 입에서는 의외의 질문이 나왔다.

"그래서, 얼마래?"
가격을 알려주자(사실 Y의 구미가 조금은 당겼던 이유 중 하나는 이 시술 가격이 생각보다 터무니없지 않았다는 점이다.) 그다음에는 병원이 어디인지, 시술 성공률과 방법은 어떠한지에 대한 질문이 이어졌다. 당황스러웠던 것이 그들은 성공한 기업가 또는 직장인으로, 일 잘하던 부하 직원이 출산휴가와 육아휴직을 쓰겠다고 해서 골치 아프다는 얘기는 했어도, 아이에 대한 애착 같은 건 한 번도 표현하지는 않았다. 그리고 딱히 만나는 사람이 있는 것도 아니었다. 하지만 그들도 번식력에 대한 우려에서 자유로울 수 없었나 보다. 만약 안전한 방법이 있다면 이런 고민에서 자유로운 채로 나이를 먹고 싶다고, 상담을 받아보고 싶다고 했다.

"만약 정말 좋아하는 남자가 생겼는데, 그 사람이 꼭 아기를 가지고 싶다고 하는데, 그때 내 난자가 수명을 다했다고 하면 너무 미안하잖아."

번식력에 관해 현실적으로 더 많은 스트레스를 받는 것은 여자 쪽이다. 세계에서 최고령 아버지로 알려진 남자의 나이는 96세, 최고령 산모는 그의 딸뻘인 67세다. 남성의 정자는 거의 평생 새롭게 생성되는 데 반해, 여성의 난자는 날 때부터 정해져 있다. 말하자면 여자가 마흔 살이 되면, 난자는 40년짜리 숙성란이 된다는 얘기다. 미국 드라마 〈섹스 앤 더 시티〉의 한 에피소드에서는 이를 '썩은 난자rotten egg'로 적나라하게 표현하기도 했다. 생후 며칠짜리 파릇파릇한 정자와 40년짜리 난자가 만나 운 좋게 수정해도, 만에 하나 생길 수 있는 위험 요소의 책임을 여자에게 지우는 것은 불 보듯 뻔한 일이다. 그래서 연식녀들은 두렵다.

남자라고 마냥 자유로운 것은 아니다. 심심찮게 보도되는 의학 뉴스에서는 불임 원인의 절반 이상이 남성에게 있다 하고, 아침에 몸이 예전 같지 않다고 느낄 때면 내 정자들의 안위가 걱정된다. 게다가 술과 담배, 과식을 즐겨온 연식남이라면 후사를 위해서라도 자기보다 어리고 건강한 여자를 만나야겠다고 결심하게 될 것이다. 안타깝지만 이런 면에서 연식녀들은 또다시 점수를 깎이게 된다.

K와는 아직 아이에 관해 얘기해본 적은 없다. 결혼 이야기는 피차 이르다고 생각하고 연애에만 몰두한 만큼, 자녀 계획 같은 얘기를 꺼낼 리가 만무했다. 요즘 들어 부쩍 길에서 만난 아이를 보고 '귀엽지 않냐'고 자주 물어오는 그를 보며 나는 '이 남자와 함께 아이를 키우는 건 어떨까' 하는 생각을 한다.

일단 '내 한 몸 건사하기도 귀찮다'는 전형적인 연식남인 이 사람과 과연 아이를 키울 수 있을까 하는 걱정이 앞선다. K는 쿨한 연인으로는 합격점이지만, 헌신적인 아버지로서는 평균 미달일 것 같아서다. 주변을 보면 육아는 체력 싸움이다. 팔팔한 나이일 때야 일과 육아, 집안일 모든 걸 열정적으로 해내겠지만 연식인들은 그만큼의 체력을 기대하는 것이 서로에게 미안하다.

"아이는 부모가 키우는 게 아니야. 아줌마가 키우는 거지."

내 고민을 들은 40세 직장맘 H가 말했다. 아이 돌보미를 둘 여유가 된다고 해도 끊임없이 속 끓이며 마음고생하고, 그이에게 월급째 고스란히 갖다 바치는 그녀의 생활을 나는 알고 있다. 만약 아이 돌보미를 들일 여유가 없다면? 나 혼자 전전긍긍하는 모습이 상상되고 그건 모두가 불행해지는 길이라는 생각이 든다.

연식인들은 오랜 시간 혼자 지내면서 자신을 먼저 생각하는 이기적인 면이 있기에, 자녀를 위해 모든 걸 희생하는 선택 앞에서 망설이게 될 것이다. 평화로운 일상과 공들여 가꾼 멋진 몸매, 경제적 여유와 적어도 5~6년간의 해외여행과 새 자동차를 포기해야 한다고 생각하면 절대 쉬운 결정이 아니다.

K 역시 아이를 위해 기러기 아빠 신세를 마다하지 않는 것은 물론, 모일 때마다 늘 사교육비 걱정을 늘어놓는 친구들을 보며 드는 생각이 많을 것이다. 앞서 말했듯 아직 경제적 안정을 찾지 못한 그는 아이가 오히려 자신의 부담을 더 악화시키는 것은 아닐지 생각하게 될 것이다. 하지만 한편으로 그의 마음속에는 아버지가 되고 싶고, 장남으로서 부모님의 오랜 소원을 들어드리고 싶은 마음이 자리하고 있을지도 모른다.

번식을 하느냐 마느냐의 문제는 두 사람의 몫이어야 한다. 실수나 무관심 또는 한쪽의 욕심으로 인해서 임신하게 되고, 그로 인해 연식 연애의 종결을 고하는 상황은 바람직하지 않다는 생각이다. 서로의 의지와 가치관을 확인하고, 다르다면 맞추고 공유하는 과정이 꼭 필요하다. 그래서 '그까짓 것 그냥 해치워버리는' 게 안 된다는 거다.

번식은 연식인뿐 아니라 모든 연인의 고민이며 지향점이다. 건강한 사람에게 더 나은 번식력이 있는 것은 당연하다. 그리고 설령 번식하는 일이 두 사람의 합의점이 아닌 것으로 판명되더라도, 건강해서 나쁠 것은 없다. 번식이 만약 당신의 발목을 잡으려 한다면, 이를 사전에 예방하는 것도 연식인의 연륜일 것이다.

연식남이라면 건강한 식습관과 운동을 생활화하고, 연식녀라면 산부인과에 정기적으로 방문해 점검하는 게 좋다. 특히 산부인과 진료는 연애를 쉬는 동안 더 필요한데, 임신을 위해 필요한 검사나 예방접종 등은 미리 해두는 게 좋다.

괜찮은 연식인을 만나고 있다면 적당한 때에 번식에 관한 그의 저의를 확인해보라. 만약 상대가 번식에 대한 강력한 의지가 있고 당신의 의지도 그와 다르지 않다면, 일찌감치 난임센터의 문을 두드리는 게 좋다. 만약 두 사람 모두 번식에 관심이 없다면 철저히 피임하고, 주변의 간섭꾼들을 설득할 만한 입심을 연마하라.

Lesson 23
짧은 만남,
뜨거운 기다림

데이트가 길어지고 스케일이 커지면, 다음 만남에 대한 부담감만 커질 뿐이다. 그보다는 다음 만남을 고대하게 만들어주면 된다. 즉 데이트를 짧게 하는 대신 떨어져 있는 동안 '관리'하는 게 연식 연애의 정석인 것. 메신저나 전화 통화를 하면서 얼굴 보고는 차마 할 수 없던 애교 떨기(연식남들도 예외는 아니다!)나 야릇한 단어들을 써서 이야기해보라(직설적인 것보다 은유적으로 질문하는 방식이 좋다). 이런 대화법은 남녀 불문하고 다음 만남을 기대하게 만드는 신통력이 있다. 물론 만났을 때 효과가 발휘되는 시간은 초반 5분 내외다. 하지만 떨어져 있는 동안, 그리고 그 5분 동안 당신에 대해 기대하고 상상하게 만드는 것만으로도 충분한 가치가 있다.

사랑한다,
사랑하지 않는다

초반부터 예사롭지 않게 피치를 올리며 열정으로 치닫던 연애가 이내 밍밍해졌다. 어떤 사랑이건 이런 위기가 있다지만, 이 연식 사랑에서는 더 빨리 찾아온 느낌이다. 이 냉정과 열정 사이에서 뭔가 조치를 취해야 한다. 연식인들은 비록 외롭기는 했지만 몸과 마음은 편하던 시기로 돌아갈 준비가 언제나 되어 있기 때문이다.

사랑에서 가장 중요한 단계는 '우리 이제부터 사귀자'라고 말하는 첫 순간이 아니라 오히려 그런 설렘의 순간들, 별 노력 없이도 절로 모든 게 잘되는 시기가 지나고 난 다음부터다.

— 『아무도 울지 않는 연애는 없다』(박진진 외, 애플북스)

6개월이 지났을 무렵, 그날따라 좀 우울했던 나는 K에게 투정을 부렸다. 메신저 대화는 물론 통화 횟수도 뜸하고, 관계가 지루한 습관처럼 되어 간다는 느낌이 들 때였다.

"요즘은 대화도 재미없구, 목소리 듣기는 더 힘들고… 뭐 그러네….'

"대화가 재미없남? 권태기인가?'

전혀 예상하지 못한 타이밍에 그의 입에서 '권태기'라는 단어가 나와 가슴이 철렁했다. 우리는 연애의 '암', 권태기를 익히 알고 있다. 어떤 관계에서든 비껴갈 수 없고, 치유법이 없는 것은 아니지만 극복하기 힘들고, 더러 재발도 한다. 최악의 경우에는 연애가 끝나기도 한다. 그래서 이 익숙한 병의 인자가, 서로의 마음 바닥 어딘가에 있긴 하지만 가능하면 수면 위로 떠올라 언급하는 일이 없기를 바랐다.

모름지기 아는 병이 더 무서운 법이다. 그런데 그가 아무렇지 않게 그 얘기를 꺼낸 것이다. 이제 겨우 6개월이 지났을 뿐인데, 일단은 부정했다. 좋아하는 마음은 여전하니 권태기는 아니라고, 그저 요즘 대화가 너무 제자리를 맴도는 느낌이라 투정을 부린 것뿐이라고. 혹여 그쪽에서 권태기라고 느낀 건 아닐지 걱정되어서 말을 덧붙였다.

"하지만 대화는 전보다 재미없어졌어요. 언제부턴가 우리는 새로운 질문을 하지 않잖아요. 그저 일상다반사를 확인만 할 뿐… 서로에 대해 다 안다고 생각하는 순간, 정말 권태기가 올 수 있다고 생각하는데….'

그는 별다른 변명을 하지 않았고, 대화는 이내 다른 주제로 넘어갔다.

하지만 그도 익히 잘 아는 '권태기'라는 단어가 등장한 순간 빨간 등이 켜졌나 보다. 그날부터 부쩍 자주 연락하고, 다양한 이야깃거리를 만들기 위해 새로운 일상을 시작하는 모습을 보였으니까. 오히려 전화위복이라는 생각이 들었다.

예전 같으면 권태기라는 말이 상대 입에서 나오면 펄펄 뛰며 화를 내거나, 아예 모르는 척 넘어갔을 것이다. 하지만 우리는 문제를 회피하지 않음으로써 이 '연애 암'을 일단은 초기에 진압하는 데 성공했다. 그 경각심은 여러모로 유용했다. 당시 그와 나의 연애 속도에는 조금씩 간극이 생기고 있었다. 나는 감정이 이끄는 대로 초반부터 전력 질주하는 스타일이고, 그는 조바심 내지 않고 여유롭게 관망하는 스타일이었다. 결국 이 속도의 차이로 인해 앞으로 향하는 행보가 조금씩 삐거덕거리고 있었다. 권태기 사건 이후 그는 속도를 냈고 나는 속도를 늦췄다. 우리는 다시 처음 시작할 때처럼 같은 출발선에서 새삼 서로를 바라보게 되었다.

과거 연애에서 내가 권태로움을 느꼈던 때를 돌이켜봤다. 상대에게서 더 이상 새로운 것이 없을 거라고 느낄 때, 그리고 상대방이 오늘보다 내일 나를 더 사랑하지는 않을 거라고 판단할 때 나는 서둘러 이별을 준비했다.

나는 운동에 매진하기로 했다. 연애 시작 후 늘 신경 쓰이던 과체중과 몸매 문제를 해결하기로 한 것이다. 언젠가 그가 내게서 새로운 것을 더 이상 발견할 수 없다고 느끼지 않게 하려면 내가 계속 달라지면 된다는 깨

"내가 잠들기 전 마지막으로 이야기하고 싶은 사람은
바로 당신이에요."

– 〈해리가 샐리를 만났을 때〉(1989)

달음 때문이었다. 선전포고하듯 운동을 시작했다는 사실을 알리자, 그는 흥미를 보이며 진심으로 북돋워줬다. 코치처럼 운동 프로그램을 짜주는 가 하면, 식단에 관한 잔소리가 이어졌다. 가끔은 장롱 속에 방치해뒀다는 피트니스 회원권을 들고 운동도 하러 갔다. 늘 가던 식당에 가더라도 운동하는 나를 위해 메뉴를 고민하고, 산책 데이트도 즐겼다. 나 자신을 위해 선택한 긍정적인 변화가 관계에도 영향을 준 것이다.

권태기는 시소 타기에 비유하자면 양쪽 균형이 딱 맞아 정지한 상태다. 그 상태에서는 누구도 재미를 느낄 수 없다. 기다리다 지쳐 너무 무료한 나머지 한 사람이 내려버리면, 그대로 관계는 끝난다. 하지만 어느 한쪽에서 양발로 땅을 박차고 올라가면 다시 재미있는 놀이가 된다. 결론적으로 권태기라는 연애의 암은, 그 첫 등장에서 존재를 부정하지 않으면 별 수고 없이 넘길 수 있다. 그리고 서로의 면면 중에 마음에 들지 않는 부분을 수정하거나 업그레이드하기에 더할 나위 없이 좋은 타이밍이다.

이 권태로움은
어디서 온 걸까

권태(倦怠) : 어떤 일이나 상태에 시들해져서 생기는 게으름이나 싫증.

우리말사전의 뜻풀이 중 이 단어만큼 딱 들어맞는 경우를 본 적이 없다. 우리는 서로에 대해 그리고 연애에 시들해졌고 그래서 싫증을 느끼고 게을러진 거였다. 연식 연애에서 이런 권태의 원인을 제공하는 이는 대개 남자이고, 이를 감지하는 쪽은 여자다.

연애가 안정기에 접어들었다고 치자. 그러면 남자는 그동안 소홀했던 일이나 친구 쪽으로 관심을 분배하고, 정신없이 써대던 지갑 사정을 챙긴다. 하지만 여자에게는 연애가 삶의 1순위로 확고부동하게 자리 잡는다. 여자의 입장에서 남자는 무심해진 것이고, 남자는 여자가 매사에 예민해진다고 느낀다. 이 간극이 낳은 부정적인 감정이 파고들기 시작한다. '내가 더 많은 애정을 쏟는 쪽이니 손해보는 것 같다', '괜히 벌써부터 코 꿰는 건 아닌가', '이제 나 말고 다른 사람에게 관심을 갖게 되면 어쩌지?',

'결국 이 나이에 또 남겨지는 건가' 하는 등의 부정적인 감정들 말이다.

한쪽이 처음과 변함없는 사랑을 요구하면 권태기의 연식인은 오히려 싫증을 내거나 모른 척 게으름을 부리게 될 것이다. 하지만 그렇다고 그냥 넘어갈 일도 아니다.

'착한 연인의 딜레마'라는 것이 있다. 연식인들은 모처럼 찾아온 연애에 너무 조심스러운 나머지 '착한 연인'이 되고자 하는 경우가 많다. 쉽게 분노하지 않으며, 부정적인 감정을 최대한 억누르며, 어쩌다 가끔 표현하는 식이다. 의외로 사회적으로 잘난 연식녀 중에 이런 여자가 많다. 성공 가도를 달리던 그녀들은 싫은 소리 듣는 걸 참지 못하고, 판 깨는 걸 싫어한다. 그래서 자신의 의견을 솔직히 말하면 관계가 깨질까 봐 목소리를 아낀다. 갈등 상황에서 상대방이 최선의 결정을 내리지 못해도 자기 주장을 쉽게 굽힌다.

하지만 이는 최선의 대처가 아니다. 상대를 누구보다 사랑하는 건 좋다. 그러나 나보다 더 사랑해서는 안 된다. 권태기를 극복하는 최선의 방법은 두 사람이 함께 있는 소중한 시간에 최선을 다하는 것이다. 그리고 혼자 있는 시간에도 불안을 느끼지 않고 함께 있을 때와 같이 행복을 느낄 수 있어야 한다. 어떤 상황에서든 둘 중 한쪽이 불행하다고 느끼지 않으면, 권태기는 '감기' 수준에서 쉽게 극복 가능하다.

이상적인 연인 관계를 위해 서로 온갖 노력을 했는데도 부정적인 감정이 찾아왔다면, 반드시 짚고 넘어가자. 일방적인 퍼붓기나 지적이 아니라, 연식인이 좋아하는 허심탄회한 대화 방식이면 더 좋겠다. 만약 두 사람의 관계 문제가 아닌 상황상의 이유(상대방이 너무 바빠 신경 쓸 여유가 없었다거나)로 위기의식을 느꼈다면, 반드시 원인 제공자가 문제를 해결할 책임이 있지 않음을 생각해두자. 감정의 간극을 꼭 부족한 쪽에서 메울 필요가 있나? 넘치는 사람이 메워도 되는 것이다. 상대방이 너무 바빠서 내가 서운함을 느꼈다면, 상대가 못하는 만큼 내가 더 사랑하고 신경 쓰겠다는 마음을 갖는 것이다.

K의 일이 바빠지면서 연락도 제대로 하지 않아 서운할 때 나는 투정을 부리는 대신 '일이 너무 바쁘면, 내게 연락 못한다고 미안해하지 마라. 혼자 좋은 시간 보내고, 서운해하지 않을 테니'라고 얘기했다. 그는 입장을 바꿔서 생각할 줄 아는 성숙한 연식인답게 '자신을 이해해줘서 진심으로 고맙다'고 대답해왔다. 입 밖으로 말하지 않았지만, 그의 다음 말이 들리는 듯했다. '지금껏 나를 이렇게 이해해준 연인은 없었어'라고. 당연하지, 나는 당신의 연식 연인이니까!
그리하여 우리 연애는 두 번째 스테이지로 상향 이동했다. 바닥이 좀 더 탄탄한 곳으로.

내 쉼표가
되어주오

연애 시작 무렵 〈코스모폴리탄〉, 〈엘르〉의 발행인인 윤경혜 대표님이 들려주신 충고가 있다. 바로 '쉼표 같은 연인이 되라'는 것. 어린 시절의 연애에서는 열정만 강요하는 철없는 연인이기 쉽지만, 이만큼 나이 들어서 하는 연애에서는 지친 몸을 쉬어갈 수 있는 휴식 같은 상대가 되라는 얘기였다. 연식 연인이든 그냥 오래된 연인이든, 상대가 당신을 만나는 순간을 기다리게 만들면 그 연애는 무조건 성공한다. 만남이 짜증 나기 시작하면 끝이다. 외모 경쟁력에서 밀리는 연식인이 장착해야 할 새로운 스펙의 정체가 분명해졌다.

"고단한 연식 연인의 쉼표가 되어줘라!"

처음에는 그게 참 난감했다. K를 만나기 전에는 마구 설레고, 만나면 정말 좋은데 함께 있은 지 한 시간이 채 되지 않아 자꾸 집에 가고 싶어졌다. 피로가 몰려오고, 혼자 있고 싶다는 생각이 끊임없이 찾아들었다. 내가 이 사람을 좋아하지 않아서 그런가 하는 회의가 생길 무렵 K가 무심코

던진 한마디가 내게 무엇이 문제였는지 일러줬다.

"너무 애쓰지 마. 너 그러다 지친다."

인정할 수밖에 없었다. 나는 지나치게 신경을 쓰고 있었다. 데이트 두 시간 전부터 치장하고, 아랫배를 들키지 않으려고 내내 힘을 주고, 상대적으로 더 나은 쪽이라고 믿고 있던 얼굴의 오른쪽 면을 보이기 위해 늘 그의 왼쪽 편에서 걷고자 했다. 그의 한마디를 놓치지 않으려 집중해서 듣고, 웃을 때는 눈가 주름이 보이지 않을 정도로만 표정 근육을 움직였다. 화장실에 갈 때면 그의 시선이 따라올 것을 예상해 좀 더 육감적으로 걸을 정도였다. 그러니 지치는 게 당연했다. 나에게도 쉬어가는 연애가 필요했다.

다툼을
피하는 방법

연식인들은 짜증이 많다. 불편한 심기를 도통 참지 못하며, '짜증 난다'는 말을 입에 달고 산다. 마음에 들지 않는 걸 '그냥' 표현해도 되는 나이라고 생각하기 때문이다. K 역시 예외가 아니다. 그리고 나는 그걸 (일단) 받아주는 쪽이다.

연식녀로서 터득한 인생의 지혜 중 하나는 '내게 완벽히 맞는 상대란 세상에 없다'는 사실이다. 그 대신 '맞출 수 있는 상대'는 존재한다. 천생연분으로 보이는 쌍은 적어도 한쪽이 다른 한쪽에게 맞춰주고 있는 거라고 봐도 좋다. 이건 장차 원하는 것을 위해 본심을 숨기자는 음흉한 의도에서 나오는 게 아니다. 연식인들 특유의 짜증이나 귀차니즘 같은 부정적 특징 때문에 연애 초반에 일찌감치 파투 나는 걸 방지하기 위해서다. 그리고 이 기술을 사용하면 무엇보다 연애가 쉬워진다.

늘 참기만 하라는 얘기는 아니다. 한 시간쯤 후에 부드러운 목소리로 얘기하라.

"아까는 왜 그랬던 거야? 갑자기 큰 소리로 윽박지르면 나는 가슴이 심하게 두근거린다고. 이런 일이 종종 생긴다면 당신 곁에 가까이 있는 게 두려워질지도 모르겠어."

예전 연애들이 잘 풀리지 않은 건 십중팔구 성격 차이였을 테고, 그건 자주 다퉜다는 걸 의미한다. 다툼이 잦을수록 관계 불안증이 고개를 쳐드는 건 당연한 일. 하지만 예전 연인들과 비교해 좀체 화를 내지 않는 천사 같은 당신이, 떠날지도 모른다는 불안감을 상대에게 심어주는 순간 그는 진심으로 자책할 것이다.

공부할 때 채 10분도 집중하지 못하던 사람들이, 연애한다고 한 사람에게 한 시간 이상을 온전히 집중할 수 있겠는가. 사랑에도 쉬는 시간이 필요하다. 주말 하루를 함께 보내겠다고 결심했다면, 틈나는 대로 서로에게 쉬는 시간을 허락하라. 대화를 한창 하다가 그가 스마트폰으로 이메일을 체크하겠다고 하면 당신도 옆에서 자신의 스마트폰을 체크하면 되고, 그가 온라인 게임을 시작했다면 그동안 당신은 산책을 하면 된다. 대화가 끊기면 조용히 그 침묵을 음미하고, 그가 졸리다고 하면 세상에서 가장 달콤한 낮잠을 즐기도록 해줘라.

데이트가 끝난 뒤 녹초가 되어 집에 돌아가는 길은 누구나 달갑지 않다.

하지만 특별한 곳을 가봤거나 뭔가를 이룬 것은 없지만, 뭐 하나 맘에 걸리는 것 없이 머리를 온전히 비우고 집으로 돌아가는 모습은 이상적이다. 20대야 소셜미디어에 내걸고 자랑질할 수 있는, 뭔가 특별한 데이트가 필요하지만, 연식인에게는 함께 있는 시간이 만족스럽다면 그걸로 충분하다. 결혼 생활이라는 현실이 이벤트로 가득 차지 않다는 것을 직간접 경험을 통해 잘 알기 때문이다. 두 사람이 함께 있을 때 최고의 휴식을 취하는 경험을 할 수 있다면, 당신의 연인은 기꺼이 당신과 더 오랜 시간을 함께하고 싶을 것이다.

이 사랑은
느리다

연식 연애는 쓸쓸한 구석이 있다. 처음 밤을 함께 보내기까지의 전개는 숨 가쁘게 흥미진진했는데, 문득 속도가 확 느려질 때 그러하다. 하지만 정신없이 빠지고 속성으로 전개되는 사랑이, 그만큼 빨리 끝나버렸다는 걸 이미 알고 있지 않은가. 연식인은 말 한마디, 행동 하나가 관계에 얼마나 영향을 끼치는지 알기에 표현에 신중하게 된다. 그리고 이제는 상대를 더 잘 알아야 더 잘 사랑할 수 있다고 믿는다. 이 연애에서는 알아가는 과정을 천천히 즐겨야 한다. 좀처럼 진도를 빼지 못한다고 조바심 낼 일이 아니다. 결론을 빨리 내리기보다 잘 알고 가야 하는 게 연식 연애다. 예전 연애보다 지루하다고 느낄 때면 생각하라. 혼자 있을 때보다는 재미있지 않은가 하고. 천천히, 힘을 빼고 숨을 고르면 될 일.

삶의 굳은살이 제법 박힌 연식인은 인생이 언젠가 끝난다는 사실을 알고 있다. 그런 나이가 되면, 누군가와 함께하는 시간이 아무렇지 않은 게 아니고, 순간순간이 소중함을 알게 된다. 그러니 모처럼 찾은 연인에게 함께하는 쉼표 같은 시간을 선물하자.

인생을 드라마에 비유해보자. 초반 전개가 흥미진진해서 모두의 이목을 집중시키는 드라마가 좋은가, 아니면 처음에는 느리게 전개되다가 후반이 재미있는 드라마가 좋은가. 결론은 둘 다 좋은 드라마다. 인생도 마찬가지다. 연식 남녀의 사랑은 조금 늦게 찾아왔을 뿐, 충분히 좋은 이야기가 될 수 있다.

"나이 먹어서 웬 복이냐?"

다음 스토리볼에 글을 연재하던 시절, 조용히 구독하던 지인 중에 노골적으로 부러움을 표하는 이들이 있었다. 독자 중에도 K의 존재에 대해 연식남 중에 저런 남자가 어디 있냐, 가상의 인물이다 등등 이견이 분분했다. 하지만 그는 몇 가지 장점을 제외하고 지극히 전형적인 연식남이다. 특별한 것이 있다면 그를 대하는 나의 태도일 것이다. 스쳐 지나간 인연은 많았다. 이번에 나는 그를 알아보았고 놓지 않았다.

마흔을 코앞에 두고 나는 인생의 물살을 거슬러 올라가는 것이 아니라, 물살에 자연스럽게 몸을 맡기고 편하게 내려오는 쪽을 택했다. '순리에 따르는 삶'을 살리라 마음먹으니, 모든 걸 있는 그대로 받아들이게 됐다. 그가 내 삶에 찾아왔고, 이러저러한 사람이라는 것, 역시나 늦게 만난 인연은 문제의 소지가 다분히 있지만 그럼에도 놓치고 싶지 않다는 마음이 드는 것까지, 이 모든 걸 그냥 그대로 두었다. 나는 남자의 조건을 따지는 사람이 아니고, 그는 서로 기대어 함께 걷고 싶은 여자의 존재 가치를 아는 사람이다.

누가 더 사랑하는지의 저울질은 정말 덧없고, 시선을 먼 미래가 아니라 지금 내 옆에 있는 사람의 눈에 두어야 한다는 걸 우리는 이미 알고 있었다. 사랑이란 그 사람의 모든 걸 소유하는 게 아니라, 그 사람의 모든 걸 인정한다는 걸 알았다. 나이 마흔에 비로소 머리가 아닌 가슴으로 하는 연애에 눈뜬 것이다. 이게 다 연식 덕분이다.

연식 연애란 하고 싶다고 해서 스무 살에 할 수 있는 게 아니다. 나이와 연식이 지니는 깊이와 무게를 이해하고, 이를 순응하며 받아들일 때 비로소 그 재미를 알게 된다.

머리가 단단해지고 마음이 익어야 할 수 있는 연애.
해피엔딩이 아니라 열린 결말이 더 좋다는 사실을 이해해야 제대로 할 수 있는 연애다.
남녀 관계에서 외모는 한철이고 배경은 덧없으며 능력이란 이기심의 다른 이름일 뿐이며, 다정한 마음과 배려심은 무엇보다 중요하다는 사실을 알아야만 이 사랑에 눈뜰 수 있다.

삶이 무료하고 체력이 예전만 못하다는 연식인들에게 연애를 추천한다. 이 연애는 웬만한 보약보다 좋다. 기대보다 좋았던 스토리볼 독자들 반응을 보면서, 세상에는 연애를 기다리는 연식 남녀가 많다는 사실을 새삼 깨달았다. 한편으로는 그들이 인터넷 세상에서만 헤매고 다닐까 봐 안타깝기도 하다.

나이가 들수록 일상적으로 연애를 하고 있느냐가 중요하다. 세상이 험하고, 패자부활전에 괜찮은 사람이 나오겠느냐는 이유로 소개팅조차도 거부한다면 사랑은 찾아오지 않는다.

사랑은 평생 하는 것이고, 나이가 든다고 그 농도와 강도가 쇠하는 것은 아니니까. 나와 K가 그 증거다.

P.S.
우리 얘기로 뭔가 글을 쓴다는 사실은 알지만, 자신의 이야기가 이리 많이 등장한다는 사실은 짐작도 못하고 있는 나의 연식남 K에게 무한한 애정을 보내며 마치려 한다. 가끔 "늙은 여자랑 사귀는 거 괜찮아요?" 같은 뜬금없는 질문을 던지면 머리 굴리지 않고 솔직하게 얘기해주고, 마감을 시키는 자에서 마감을 하는 자가 된 내가 늘어지지 않도록 자청해서 잔소리와 감시를 해줘서 고맙다. 무엇보다 내내 궁금했을 텐데도 책이 나올 때까지 어떤 원고도 읽지 말아 달라는 부탁을 지켜줘서 고맙다. 물론 그가 여태껏 찾아 읽지 않은 이유는 연식남 특유의 귀차니즘 때문이지만.

연식 남녀

펴낸날	초판 1쇄 2015년 3월 25일

지은이	오일리스킨
펴낸이	심만수
펴낸곳	(주)살림출판사
출판등록	1989년 11월 1일 제9-210호

주소	경기도 파주시 광인사길 30
전화	031-955-1350 팩스 031-624-1356
기획 · 편집	031-955-4662
홈페이지	http://www.sallimbooks.com
이메일	book@sallimbooks.com

ISBN 978-89-522-3104-8 03810

이 도서의 국립중앙도서관 출판예정도서목록(CIP)은 서지정보유통지원시스템 홈페이지
(http://seoji.nl.go.kr)와 국가자료공동목록시스템(http://www.nl.go.kr/kolisnet)에서 이용하실 수
있습니다.(CIP제어번호:CIP2015007906)

책임편집 · 교정교열 선우지운